新愛的教育

阿濃 著

新愛的教育

作者／阿濃
編輯／突破叢書編輯室
美術設計／黃漢威
出版發行／突破出版社
香港沙田亞公角山路 33 號突破青年村
電話：2632 0000　傳真：2632 0388
電郵：breakthrough@breakthrough.org.hk
網址：http://www.breakthrough.org.hk
http://www.btproduct.com
承印／陽光印刷製本廠
2000 年 7 月初版 1 刷
2025 年 8 月初版 17 刷

Education With Love

by A Nong
First Printing, First Edition, July 2000
Seventeenth Printing, First Edition, August 2025

Printed in Hong Kong
ISBN 978-962-264-120-4

本書採用環保油墨印刷

或坐在巨人的肩膀上，或呷一口書香，讓我們的生活漸次提升，讓眼界更見遼闊。

目錄

附錄：為師七戒

序

我讀亞米契斯的《愛的教育》長大，其中〈少年筆耕〉一篇，我讀的時候哭，講給學生聽的時候也哭。從前學生會陪我哭，可是，現在的學生不再哭了。不是他們的心硬了，而是他們已沒有對貧困生活的共鳴。

進入社會，我同時走着兩條人生的路：教學和寫作。這兩條路有一個共同點，便是愛的教育。

我在一間收容最需要愛的孩子的「特殊教育」學校工作了九年，是我四十年教學生涯的最後九年。退休之後，很想把這九年生活中一些難忘的故事記述下來，讓老師們和同學們在分享我的苦與樂之後，在教與學之間有更好的協調。

可是我一直蹉跎着，怕這些真實的故事會牽涉一些人，而他們不一定喜歡我把他們的故事寫下來。

十年過去了，人事變化很大，這些顧忌已大為減少，是我把故事寫出來的時候了。人的記憶有個自然淘汰的過程，我記得的事情，總是那些比較值得回憶的；那些我忘記的，也就毋須惋惜了。

想不到我把書寫完後，發覺體例跟《愛的教育》也有相似之處，便是故事與故事間聯繫並不緊密，但那精神是一貫的。

我無意掠美《愛的教育》這個書名，它的豐富與深刻是我不能相比的，但那以愛來培育下一代的精神還是相通的吧。在找不到更貼切的時候，請原諒我用《新愛的教育》做書名。

我最大的希望是你讀完這本小書之後，心中的愛沒有減少，而是大大的增加了。

阿濃　二零零零年五月

一 試試看

我很佩服在這類學校任教的校長、老師，想不到我也有機會成為其中一員。

這一年，我五十歲，在官立學校做了三十年的老師，寫過幾本暢銷的書，編過幾套頗受注意的電視劇，有點名氣，很多地方請我去演講。可是身為公務員要遵守一些規條，包括演講要申請批准。而我嘗過毫無理由被拒絕的滋味，我不想有這樣的束縛，決定離開公務員行列，到一間半日制的津貼小學任教。那時候，我可以上午教書，下午和晚上寫作。而演講一類的社會活動，再毋須向任何人申請。

一位老朋友，我替他改個名字叫賀思勤吧，在一間特殊學校做校長，他的學校剛好有一個中文教師的空缺，問我有沒有興趣。

這跟我原先的計劃有很大的距離：這是中學，不是小學；這是全日制學校，不是半日制；這是特殊學校，不是普通學校。

我知道香港的「特殊學校」分好幾種，有專收智能障礙的，有專收聾啞的，有專收失明的；而賀思勤做校長這一間，我就為他改個名字叫博仁中心學校吧，卻是專收一種叫「情緒問題」學生的。

我對這間學校並非全無認識，我聽過校監張先生的演講。他在演講中說了好幾個真實有趣的故事，其中一樁是這樣的：幾個孩子到國貨公司去，一人穿了一件棉襖出來，統統沒有付款，也沒有被人發覺。他講這些故事，帶出這類學校的教育理念：接納、耐心、愛……當時我很佩服在這類學校任教的校長、老師，想不到我也有機會成為其中一員。

我終於決定申請這個職位。原因有兩個：一是我喜歡接受新的挑戰，一是我相信這類學校有很多寫作素材。

在與校監張先生見面之前，賀思勤帶我參觀學校。

學校在深水埗區一處山坡上，分中、小學兩部分，共用一個相當大的足球場。小學歷史較久，由小三辦到小六，學生住在附設的宿舍裏。最近新開了中學，除課室外有幾間設備不差的工場，學生回家住宿或住在中心管理的校外宿舍裏。

中學校舍分三層，教師辦公室在樓下，這在香港的學校不常見，大概是便於處理小息時操場發生的事。課室比正規學校的課室小，因為每班最多只收十五個學生。學校正趁暑假作例行的裝修髹漆工作。我看到好些窗框有洞孔、鐵枝被弄斷了；儲物鐵櫃傷痕纍纍，下層有被腳踢壞的破損，上層則有拳頭重擊造成的凹痕。

在賀思勤的陪同下我見了校監張先生。他有一份出自真誠的親切。履歷表上有我過去的工作紀錄，不必再問。他算出我今年剛好五十歲，而他比我大一歲。二十年前他已經在這個崗位上工作。

「以你的年齡，加入我們的行列，是遲了一點。不過，試試看吧！」他說。

我知道這是一句來自多年工作經驗的老實話。

「我可以嗎？」我心裏想。

我不知道，就讓我試試看吧！

二 集隊

男孩子崇拜穿制服的男子漢，因此對這模仿紀律部隊軍操式的口令相當合作。

我被分派到中二乙班任班主任，全班十二人。這是一間男校，十二個男孩，從十三歲到十七歲都有。

我看過學校的校刊，知道父母關係正常的學生不及三分之一，單親家庭、父母雙亡、父母關係不和諧的佔了三分之二。

孩子的行為出了問題，由社會福利署、教育署、志願機構、學校校長介紹他們來此就讀，由家長自行申請的也有一部分。

他們在進入中心之前，都有這樣那樣的問題。中心屬下共有四個機構，包括三間學校（其中兩間設有院舍收容寄宿生），一間校外宿舍。以八三至八四年度計算，受理的個案共六四八宗，兒童遇上的問題包括：停學／無心向學／逃學佔四七二宗；偷竊／搶劫共二七八宗；不受父母約束三一二宗；遊蕩二八八宗；與黑社會或不良分子為伍二一六宗；離家出走二四七宗；未獲家庭適當照顧，例如父母不負責任、入獄等五十八宗；「接受婦孺保障令兒童」一一一宗；「接受感化令兒童」一一二宗；其他包括打架、賭博、行乞、受虐待等一七七宗。因為入院兒童常有一個以上問題，因此總數當然不止六四八而是二二七一，平均每人有三至四個問題。

我班十二個學生的家庭和個人背景與上述資料相類似。

開學第一天，全校學生在雨天操場集隊，共分七班，分七行依高矮站立。每班由七、八人至十來人不等，全校只不過七十人左右。想起以前我任教的學校，每一間的學生都超過千人，集隊時黑壓壓的站滿了操場。七十人相當於那些學校的兩班而已。

全校老師也要陪學生集隊，連社工、工場導師有十五六人，每個老師平均負責五個學生，比普通學校老師要負責數十名學生好多了。

這次集隊讓我見識了與普通學校完全不同的方式。校長賀思勤站在木製平台上，未站上去之前他還是面帶笑容的，一站上去，挺直站立，兩眼忽然精光四射，氣運丹田，用英文喊的一聲立正，真有點石破天驚。喊聲才落，「習」的一聲踏腳聲，響亮而整齊。看來同學們訓練有素，那些中一新生也多由本校小學升上來，因此才有這理想表現。校長微笑點頭，表示滿意，下令稍息。

男孩子崇拜穿制服的男子漢，因此對這模仿紀律部隊軍操式的口令相當合作。偶然他們也會跟某個老師鬥氣，踏步聲七零八落，那就要多做幾次才能勉強過關。

賀思勤認為學生能把這個立正的動作做好，表示他們已經集中注意，可以聽老師講話了。每個老師都有負責集隊的機會，因此把口令喊好，也是每個老師要掌握的技巧。

這時賀思勤開始他簡短的開學講話，並且介紹新老師給大家認識，而我就是唯一的新老師。

我聽到一陣掌聲——後來我知道只要有機會讓他們做點什麼，例如鼓掌，他們是不吝嗇的，問題是如果不叫停，他們會一直拍下去，讓你知道他們只是利用這機會來開玩笑。

不過我也在鼓掌聲中，聽到一些低語：

「老嘢！」（老傢伙）

「玩殘佢！」

音量控制得很好，剛剛讓我聽見，卻又不知道是誰說的。我微笑地向聲音發出的地方望過去，好幾張臉孔故意專注地望向前方，嘴角卻帶着狡獪的微笑。

我知道，一會兒在課室裏單獨面對他們，將是一場難打的仗。

三　第一課

我從不曾見過課室裏有這樣混亂的場面。

幾十年的教學經驗，我早知道上好第一課的重要。

除了編排座位、選出班長、抄時間表之外，最重要的還是互相認識，建立友好關係。

我從集隊的雨天操場把二年乙班的十二個孩子領到二樓的課室門前時，他們已一擁而入，搶佔座位坐下。

他們當中有人跳上椅子，從這一行越過另一行；有人把已經佔好了座位的同學拉開，自己坐下去。

我從不曾見過課室裏有這樣混亂的場面。只不過十二個人，便可以搞得如此一塌糊塗。兩張椅子被故意踢倒在地，一張桌子也差點翻倒，是我及時按住。

年　月　日　星期（　）

大聲喝止將使我顯露兇惡形態，何況未必有效。我站在黑板前靜待他們自己安靜下來，他們根本不當我存在，在各佔座位之後，三個兩個的高談闊論起來。

我發覺有些高的坐在前面，那矮的卻坐在後排。我說這樣會使後面的同學看不到黑板上的字，並建議大家出來依高矮排個隊，然後依次序坐下。

有一兩個回答說不好，另外幾個說既然坐定就不要多事了。

我說大家既然坐定了，暫時就這樣，以後再調整，現在讓我們互相認識一下——

這時忽然有兩個學生從外面衝進課室，一個追，一個逃。那追的手上拿着一個洗廁所用的刷子，往逃的那個身上擲去；刷子沒有擲中目標，卻擲到我們班一個同學身上。他怎肯善罷，拾起刷子反擊。

「你們在做什麼？」賀校長的聲音在課室門口響起，大家立時停了手也停了嘴。

「這兩位同學不是我們班的。」我說。

「你們兩個跟我來！」校長下令。

兩個低頭走了出去。手拿刷子的那個把刷子在前排同學面前作勢一揚，便把它丟向廢紙簍，卻又沒有擲中，掉在外面。

我趁他們比較安靜，開始互相認識的第一步。

我把我的名字寫在黑板上。我的粉筆字寫得不錯。他們之中有幾個似乎懂得欣賞。「阿 Sir，你這手字還過得去。」班上唯一戴眼鏡的學生說，他的眼鏡片很厚，在許多圈圈後面有一對小眼睛。

「多謝，多謝！」我把我的名字讀了一遍，然後說：「現在輪到我認識大家了。」

我拿着學校給我的名單，從第一個開始讀，希望他們舉一舉手，讓我知道誰是誰。

我還想表演一下我的記憶力，只要見一次，我便可以說出他們的名字。這本領無非是利用聯念加以強記。譬如一個姓孫的生得瘦，我就從孫悟空想到「馬騮」，再想到瘦皮猴；一個姓張的臉上有酒渦，我就想：張學友也有酒渦。

我的「表演」贏得他們的鼓掌。好幾天之後我才知道他們之中有四個人互相調換名字，你冒我的名，我認作是你。難怪他們拍掌時那麼高興，他們是為自己的「詭計」成功而鼓掌。而我竟花了一兩個星期的時間，來改正這樣的誤記。

四 巴士上

我不敢看身後的乘客，相信他們正在搖頭。

今天放學後我在校門前上了巴士，在我之前有幾個學生先上了車。他們登、登、登的上了巴士上層，我站在樓下近樓梯口處。

忽然又聽到登、登、登夾着喧笑聲，三個學生又從上層走了下來。

他們一齊大聲叫：「阿 Sir！」我看見其中一個又乾又瘦的嘴上叼着一根香煙。他看到我，並沒有把香煙收起來的意思。或許他根本不用害怕，因為我只是一個新教師，而且一個人在巴士上，能把他怎樣？

可是全車的人，有男有女，有老有幼，目光都注視着我們。他們已經知道我是老師，他們想看看面對年紀這麼小便抽煙的學生，老師會怎麼辦？

我知道在這樣的情況下，我一點權威也沒有，我的話他們一定不會聽，但我在眾人面前又不能不表態。這是我第一次面對這樣的情況，我的辦法不多（簡直沒有），我的面皮太嫩（他們的卻太厚）。惶急間我借巴士的規則一用，我說：

「下層不許吸煙。」

那孩子猛吸一口，在噴出來的煙霧中乜斜着眼說：

「我鍾意呀！」

我說：

「你年紀這麼小，吸煙對身體不好！」

「不關你事呀！」

這時附近一張椅子上的兩個乘客下了車，這孩子一屁股坐上去，再順勢躺了下來。他把一條腿擱在另一條腿上，裝做很舒服的樣子，再深深的吸了一口煙，大力噴了出來，那煙柱高高的直射上去。

這時我感覺到耳朵上一陣發熱，我知道我的臉紅得厲害。我不敢看身後的乘客，相信他們正在搖頭。為這個不成體統的學生，也為這個沒有辦法的老師。

巴士到站了，我提早下了車。

車子從我身旁經過，我感覺車上的乘客仍在看我，是可憐還是鄙夷？

年 月 日 星期（ ）

五 「不簡單」

看似平常一句話的後面，有數不盡的眼淚和煩惱。

今天放學後教師與社工一同開會，由社工介紹本年度新生。因為新生有四十多人，只能作最簡略的介紹。從這些簡略的介紹中，我腦海中浮現了三個字：「不簡單。」看似平常一句話的後面，有數不盡的眼淚和煩惱。

讓我隨便舉一些例子（真實的姓名、年份、某些可以引起聯想的資料均已刪去）：

A童　父親吸毒，母親出走，繼母也是癮君子，兩人對家庭和子女都不負責任。童無心向學，與街童為伍，行為放縱。

B童　母親嗜賭，欠下巨債，受黑社會威脅，東避西躲。童常流連街上，偷取食物、玩具，與街童鬥毆。

C童　父親個性暴躁，時常對童拳打腳踢。童在學校發洩情緒，滋擾課堂秩序，曾有多次被學校開除的記錄。

D童　母親於童四歲時離家，父親任職麻雀館。童與兄常在街上遊蕩，因行劫罪被判守行為。

E童　父親於童未出世時已離家不知所蹤，母親不堪刺激患上精神病，現住精神病院。童由外婆撫養，但脾氣猛烈，不受管教。上課時喧嘩滋擾、欺負同學。曾因糾黨毆打同學，遭警方警誡。

F童　父親因精神問題自殺身亡，泰籍母親在童未滿月時已返回泰國，音訊全無。童由姑媽照顧，不受管束。常偷竊家人金錢，更無心向學，屢被學校開除。

所有這些資料，說明了一個許多人說過的事實：

問題兒童十居其九來自問題家庭。

我們無力解決問題家庭的問題，我們有能力解決問題兒童的問題嗎？

六 香口膠

一片香口膠，也可以玩出這許多花樣，讓我被騙了好幾趟。

今天一個孩子上課的時候嚼香口膠，使我上了一課。

這是中一甲班的美術課，題目是「請勿吸煙」的海報設計。

課上到一半，一個綽號「諸事」（多管閒事）的學生，舉報他旁邊的同學何家保上課的時候嚼香口膠。

我叫何家保出來，把香口膠吐掉，他聽話地往廢紙簍裏一吐。

不久「諸事」又再舉報，說何家保仍然在嚼香口膠，剛才他吐的只是「口水」。

我走近何家保，叫他張大嘴給我看，我見裏面乾乾淨淨的，便問：「香口膠呢？」

他說：「吞了！」

一會兒「諸事」第三次舉報，說何家保還在嚼香口膠。

我又叫他張大嘴，裏面同樣乾乾淨淨。

「諸事」說：「他收在舌頭底下。」

何家保自動把舌頭翹上去，舌頭底下什麼也沒有。

「諸事」又再提醒：「他黏在上面。」

他指的是上顎。我叫何家保放下舌頭，往上一看，果然見一塊香口膠黏在那裏。

我說：「別玩了，這次真的把它吐掉吧！」

我陪着他走到廢紙簍旁邊，看着他把一塊香口膠吐了進去。

五分鐘後，「諸事」再次舉報。

我叫何家保張大嘴讓我上上下下看個清楚，這次真的沒有。

「諸事」說：「他剛才吐掉一半，還有一半留在嘴裏，現在真的吞下肚子裏去了。」

我寫這篇日記時心裏想：一片香口膠，也可以玩出這許多花樣，讓我被騙了好幾趟。看來，我要學習的地方還多呢！

七 一雙帶殺氣的眼睛

阿強給我最強烈的印象是他那雙帶殺氣的眼睛，使你一見心中會升起一股寒意。

今天阿強陪着他的監護人來見校長。

監護人是他的姊姊，一位三十來歲的女士，還帶來一個剛會行走的幼兒。身為家庭主婦，孩子沒有其他人可以託付，只好帶着來了。

阿強要帶監護人來見校長，是因為他打黑了一個同學的眼睛，對方的家長很是不滿，聲言要報警驗傷。社工花了不少唇舌，答應會好好懲罰打人的學生，才勉強説服了他們。

阿強給我最強烈的印象是他那雙帶殺氣的眼睛，如同武俠小説所描寫的那樣，使你一見心中會升起一股寒意。

當他跟同學爭執的時候，兩隻拳頭緊握，眼睛裏的殺氣更是大盛，逼得對方因此要讓他三分。

有時他違犯了校規，老師要處罰他，他並不出言辯駁，可是一樣握緊拳頭，斜側着頭，用一雙殺氣騰騰的眼睛盯着老師看。有經驗的老師，會想辦法使他冷靜下來。當眼中的殺氣稍為緩和時，那緊握的拳頭也就放鬆了。

阿強和姊姊在教員辦公室等候校長接見時，門外有幾個同學向裏面張望，其中一兩個的臉上出現幸災樂禍的表情。

「看什麼！」阿強眼中的殺氣讓那些同學倒退了幾步。

這時校長開門出來請阿強的姊姊進去，姊姊把抱着的幼兒交給阿強，幼兒自動向阿強伸出兩隻手臂。

「讓舅父抱抱你。」說也奇怪，孩子一到阿強手上，阿強眼睛裏的殺氣立即消散得無影無蹤。

跟着阿強用一種幼兒的腔調跟他的外甥說話，那種溫柔，那種親切，使他好像完全換了一個人。

他又把孩子放到地上，讓他蹣跚地行走，他呵護備至，提防他碰到桌子和牆壁。他蹲下來，配合幼兒的高度攔着、擋着，這使我想起了魯迅的詩：「俯首甘為孺子牛。」

這情景使我一時看得呆了。為什麼會這樣？他這溫柔的一面說明了什麼？是不是每個孩子都有他溫柔的一面，只是沒有機會讓我們看到？

今天這件事值得我深思啊！

年　月　日　星期（　）

年　月　日　星期（　）

八　門外的孩子

家家有本難唸的經，人人都有說不出的苦，我不知道我能怎樣幫助他。

今天第一節我沒有課，正在改簿的時候，有遲到的學生敲窗向劉姑娘報到。

「什麼名字？」

「羅冠東。」

「哪一班？」

「中二乙班。」

其實劉姑娘認識全校的學生，她故意這樣問是對遲到者表現一種「態度」。

「快去上課！」劉姑娘的聲音裏有明顯的不滿，當然，遲到的學生是不值笑臉相迎的。

可是十分鐘後羅冠東被陳老師帶回教員室。這時我才看到他頭髮蓬鬆，校服的領帶歪在一邊，一張骯髒的臉分明沒有洗過，嘴裏連哭帶罵的不知說些什麼。

「他在課室裏發脾氣，讓他下來冷靜一下。」

陳老師離開後，羅冠東還在嗚嗚地哭。我從抽屜裏拿了一塊毛巾、一把梳子交給他：

「這麼大的人哭什麼？先到洗手間去洗個臉，再回來見我。」

他聽話地去了。

羅冠東的父母早兩年離婚。法官判冠東跟父親生活，因為母親在電影廠工作，經常要上夜班，孩子不能晚上無人照顧。

羅冠東對這樣的安排無可奈何，他心裏是寧願選擇跟媽媽在一起的。

像許多孩子一樣，他不大執拾地方，牀上、桌上都堆滿東西。父親不知責罵過多少遍，情況毫無改善。

上星期他父親生起氣來，把廚房垃圾箱裏的污物倒在羅冠東的牀上，一面倒一面罵：

「你喜歡『邋遢』呀嘛！你喜歡『污糟』呀嘛！」

羅冠東滿肚屈氣沒處發洩，已經在學校發過一次脾氣，社工也為此勸導過他的父親。

羅冠東再來見我時，樣子已經整齊得多。

「又有什麼不開心呀？」我問。

「他不給我進屋！」才說了一句，他又嗚哩嘩啦地哭起來。

「阿爸？」

「阿媽！」

我帶他進輔導室，給他一杯熱茶，將我的早餐麵包分了一半給他，因為他一定不曾吃早餐。

原來昨晚他又跟父親吵架，便去母親家裏，希望母親會收留他一夜。

他按了門鈴之後，門孔上有隻眼睛閃了一下，他知道母親在家，今晚不用上班。

可是門並沒有打開，於是他再次按鈴，這次連眼睛也沒有出現。

母親跟父親分開後，也曾收留過他兩晚，可惜他每次都帶給她麻煩，不是弄壞了錄影機，便是把金屬器皿放進微波爐，將什麼都弄壞了。

母親曾經說過：

「以後你不要再來了！」

但在這樣一個寒冷的冬夜，明知兒子在門外捱冷，或許她會開門讓他進去吧。他後來又按過兩次鈴，一樣的毫無反應。結果他在門外半睡半醒的捱了一夜冷。

這就是他發脾氣的原因，這樣的委屈換轉是我，恐怕也忍受不了。

家家有本難唸的經，人人都有說不出的苦，我不知道我能怎樣幫助他。我叫他先打一個電話給父親，或許不見兒子回家，他也掛心了一整夜。

九 「大舊」

一枝汽水可以提升一個孩子的自尊，我很樂意做。

中一丙班的「大舊」（大塊頭）身高五呎十吋，體重一百七十磅，叫他「大舊」是名副其實的了。

他總是坐在課室的最後一排，適合中一生的桌椅跟他實在不相稱，因此他不停地把身子挪來挪去，發出許多聲音。

說到學業成績，除體育之外，他沒有一科及格。到今天為止，「大舊」連自己的英文名字也不會寫，乘數表也背不全。

他在課堂裏沒有地位可言，只會成為別人的笑柄，唯有在下課後可以為自己挽回一點自尊。

但見他挑戰這個、挑戰那個跟他比腕力（當然是他贏），又把瘦小的同學高舉過頭頂，嚇得他們呱呱叫。

其實「大舊」除了氣力大之外，運動的成績並不見得怎樣好，足球腳法差，籃球射籃十次九次不中，只有在拔河賽中，他才有較大的貢獻。

因此同學當面叫他「大舊」，背後卻會加個「衰」字，成為「大舊衰」，意思是個頭大，卻十分無用。

我小息值班時，「大舊」正跟幾個同學高談闊論，見我走過，突然叫住我：

「敢不敢跟我賭一鋪？」

「賭什麼？」

「賭我用兩隻大拇指做掌上壓，做到十下，你輸一枝汽水。」

「只用兩隻大拇指？不信！」我故作驚訝地說。

「不信你便跟我賭！」

「如果你輸呢？」我說。

「也是一枝汽水。」他說。

「阿 Sir，不要聽他的，他是騙汽水喝。」有同學在一旁提醒我。

「讓我開開眼界也值得。」我說。

更多同學圍了上來，「大舊」的表演開始。他果然用兩根大拇指支撐着做了十下掌上壓。

我帶頭鼓起掌來。

一枝汽水可以提升一個孩子的自尊，我很樂意做。

十

Friend是誰

不論我怎麼問，阿紹總是不肯透露Friend的身分。

今天阿紹的父親來見我，是我打電話約他來見的。

人未到，我已嗅到一陣煙味。阿紹的父親是一個邋遢的中年人，牙齒是黃的，手指也是黃的，職業是在麻雀館做巡場。

我請他來為的是阿紹抽煙的事。

那天我當值，走進廁所時阿紹正蹲在馬桶上「歎」煙。他見到我也不驚慌，深吸一口之後，把煙頭丟進馬桶，將它沖走了。

我叫他跟我進教員室，以下是我們的對話：

「你知道學校不准學生吸煙嗎？」

「知道。」

「那你為什麼還要吸？」

「癮起。」

「你知道吸煙對身體有害嗎？」

「生肺癌是嗎？」

「既然知道為什麼不戒？」

「戒不了。」

「你不覺得吸煙很花錢嗎？」

「不用自己買。」

「不買怎麼會有煙？」

「有人給不就行了！」

「誰？」

「Friend！」

年　月　日　星期（　）

這個friend是誰，我很想知道，他為什麼要請阿紹抽煙？背後有什麼目的？可是不論我怎麼問，阿紹總是不肯透露friend的身分，並且開始不耐煩了。他說要罰就罰，不必多講了，一副無所謂的樣子。

我請阿紹的父親來，就是想告訴他這件事，我怕有人利用阿紹的煙癮要他做壞事。

阿紹的父親聽了我說的情形並不詫異，他說：

「我吸煙，我女人吸煙，我大女今年十五歲也吸煙，阿紹八九歲起就偷煙來吸，最初也罵過他，但家裏隨手都拿到煙，要禁也禁不了，也就由他去了。」

「他帶回學校的煙，是不是在家裏拿的？他說是朋友給他的，我擔心他結識了壞人，給他香煙，是要他做壞事。」我把我的擔心告訴他。

「他老母怕他沒有香煙會去超級市場偷，就每天給他半包煙，免麻煩嘛！」

Friend是誰，真相大白。

十一 電話到家

軟語溫言，聽起來心裏舒服。

早上集隊的時候，我對全校九十個學生說：

「明天開始大考了，希望大家放學後在家溫習。今天晚上我會抽出五個同學的電話，打到他們家裏，如果他在家，明天我請他喝汽水。」

放學的時候，好幾個學生走來對我說：

「我的電話是××××××，記得打給我。」

有的還把他的名字連電話號碼寫在紙上交給我。

其實我有全校學生家中的電話號碼，打電話給學生不是為了訓斥他們：

「你為什麼逃學？明天回來便知道厲害！」

這一嚇只會使他們多逃一兩天。

年　月　日　星期（　）

打電話最好是無目的地談天，就像朋友間「煲電話粥」那樣，那效果比當面談更好，因為少了面對面的壓力。

拿起電話，聽出是班主任的聲音，已經有一番驚喜；老師放學後還記掛着他，當然是高興的事。

「沒有上街玩麼？乖啦！」

「功課做好沒有？有不明白的地方嗎？」

「明天默書，開始溫習沒有？」

「別那麼夜睡，你上課精神不大好呢！」

「有沒有幫媽媽洗碗？不要做『大食懶』呀！」

「還發燒嗎？記得準時吃藥。」

類似的軟語溫言，聽起來心裏舒服，答話也就特別親切有禮。

晚飯後我開始撥電話，故意選了幾個最貪玩的孩子，結果我聽到好幾聲興奮的歡呼。

十二 遠方禮物

數千里外的情意，鼓勵了一個孩子。

今天我帶了一份禮物進課室，禮物包裝精美，還附有一封信。禮物是從遠遠的三藩市寄來的，指明要送給我的一個學生。個多月前我在一份報章的專欄裏寫過一篇〈乖孩子〉，說的是一個學生每天淩晨三點鐘起牀，幫助媽媽替幾間大廈倒垃圾，因此他長期睡眠不足，往往在上課的時候伏在桌上睡着了。

我知道原因之後，有時不忍叫醒他，便由他睡了。

文章被住在三藩市的黃太看到了，她寄了一封信和一份禮物到報社。編輯先生打電話通知我，我去報社領取了禮物和信。我看了那封信，禮物卻等待那乖孩子自己拆。

黃太說，他和丈夫已經在三藩市住了十年，每天都看中文報紙。〈乖孩子〉的故事使他們很感動。黃太說她是個喜歡睡覺的人，知道渴睡的辛苦，尤其對一個十二歲的孩子來說，更是如此。因此她和她的丈夫特地買了一件可以代表三藩市的禮物，託人帶到香港來送給這個小朋友。

黃太在信上希望這孩子繼續努力幫助媽媽和勤力讀書，說他將來定會成為有成就的人，並且歡迎這位小朋友寫信給她。

我不講明禮物是送給誰的，先把整個「故事」說了一遍。說完之後，大家已猜到「故事」的主角是誰，都把眼睛瞧着阿榮。

我請阿榮出來領取禮物，並且當着全班同學拆開禮物包。於是我們看到一節古色古香的車廂，大概是三藩市的電車吧，我在一些旅遊雜誌上看過。這車廂還可以上發條，奏出音樂來。

音樂聲中，全班響起了掌聲。

數千里外的情意，鼓勵了一個孩子，鼓勵了他的同學，也鼓勵了我這個老師。

年　月　日　星期（　）

後記：從來不曾真正寫過一封信的孩子，第二天寄出了一封信，並且是親自往郵局寄的。

附：乖孩子

我們的學校不收乖孩子，看過最近一輯「鏗鏘集」的朋友，可以欣賞到他們頑皮的一鱗半爪，那已經嚇怕了一些人。我們的一位老師因事請假，本來表示願意來代課的三位老師，都打了退堂鼓，至今沒有人肯來應徵。

可是我發現在我的學生之中，有很乖很乖的孩子。就在我的班上，有一個從不逃學、絕少遲到的孩子。假如要挑他的毛病，那就是上課有時會打瞌睡。新年開始，我曾經問他有什麼期望，想不到他的答案竟是：「但願有機會讓我睡個飽。」

我問他晚上什麼時候睡覺，他說九點多。香港這麼早睡的中學生絕無僅有。於是我又問他幾點鐘起牀，他說早上三點。我幫他算一算，才睡六個小時，長期如此，對一個孩子來說，當然是嚴重的睡眠不足。

那麼他為什麼要早上三點鐘起牀呢？原來他的父母已經離婚，一家五口的生計靠媽

年　　月　　日　　星期（　）

媽倒垃圾維持，他是家中長子，雖然只得十二歲，卻要分擔這個責任。

早上三點鐘起牀後，便與母親合作，一座座大廈、一層層樓、一家家的把垃圾倒掉，運到垃圾站去。從深夜做到黎明，有時母親請他到茶樓去吃早餐，他也懶得去，寧願回家洗個澡，再賴到牀上去睡一個小時，然後掙扎着起牀上學。天天如是，風雨嚴寒不改。

肯這樣幫媽媽一同捱苦的孩子，還不是一個很乖很乖的孩子麼？不過這是現在的他，過去他曾經逃學，玩遍了港九新界，「鏗鏘集」拍過一輯《今天不回家》，他是主角之一，想不到今天他會完全變成另外一個人，怎不使人喜悅！

十三 選角

選人的時候他們紛紛舉手，不過都是提別人的名字。

年 月 日 星期（ ）

今天是教育營的第一天，晚上有一個天才表演比賽，我負責的這一班將會演出《雪姑七友》，這是我編的一個鬧劇，角色有白雪公主和七個小矮人，一共需要八個同學參加演出。

選人的時候他們紛紛舉手，不過都是提別人的名字。把別人的名字大聲喊出來時，嘴角流露蠱惑的微笑，分明存心不良；被人家提名的，照例大聲反對，然後反提對方的名字作為報復。

結果全班的名字都上了黑板，無一遺漏。

有一個被人提名的學生，經反對無效，在位子上大哭起來。

待得全班都安靜下來後我說：

「這是一個為本班爭取光榮的好機會，一定要盡力做好，因此先讓我聽聽候選人的意願，太勉強就不好。」

於是我選那平日膽大好玩的先問：

「阿平，我知道你最有表演天分，你肯嗎？」

「無所謂啦！」阿平為我的賞識欣然接受邀請。

「阿棠，你最夠膽色，相信你不會害怕。」我說。

「怕什麼！」他拍拍胸膛。

「阿正你的聲音很好聽，做戲適合不過！」我說。

「真的？」他故作謙虛。

一連三個願意合作，為師心中大定，優勢已經形成，現在是不怕人少，只怕人多了。

於是我把那「哭包子」的名字一下擦掉說：

「放你一馬啦！」

他緊張的神色立刻鬆弛。我說：

「不過要你搬枱搬櫈幫忙做佈景。」

「得，得，得！」他歡喜地說。

我又把粉刷作勢放在另一個名字上說：

「你也可以免役了！」

因為此人剛才出言恐嚇提他名字的同學，說要對他「打鑊甘」（給他一頓好打）。誰知他忽然衝出來兩手護着自己的名字說：

「不要擦！不要擦！」

引得我和全班同學都大笑起來。

後記：演出的結果，我們榮獲亞軍。

十四　旅行家

讓孩子們開闊眼界。
讓他們知道外面還有一個神奇、
廣闊的美麗世界。

今天我邀請李樂詩來學校演講。

李樂詩是唯一到過南極和北極的中國女性，她的勇氣和毅力證明了男人做到的事，女人一樣可以做。這對我校那些很看不起女性的學生來說，是一次很好的教育。

請李樂詩來演講的另一個目的，是讓孩子們開闊眼界。讓他們知道除了狹小的斗室、烏煙瘴氣的遊戲機中心之外，外面還有一個神奇、廣闊的美麗世界。而人生的目的也不只是追求吃喝玩樂，可以有更高的理想，獲得更大的滿足。

之前我曾邀請過旅行家倫文標來學校演講，他孤身走遍大半個地球，靠的不是雄厚的資金，而是苦幹和毅力。

他乘搭最便宜的交通工具，住最廉價的旅店，很多時乾脆露宿街頭，或在火車站蜷縮着身子度過一宵。有時他又幹一點活兒——不論是餐館洗碗還是農場收割，他都樂意去做，多賺一點盤川繼續上路。

倫文標很懂得男孩心理，言語風趣，引來不停的笑聲。他選擇的幻燈片也着重趣味，我們看到各地不同膚色的孩子如何讀書、遊戲和工作，可以感覺到他們生活雖然貧困，卻自得其樂，說明除了「打機」，還可以有更健康、更有趣而且不花錢的遊戲。

其中一張幻燈片，倫文標擺出李小龍的功夫架勢，一羣非洲小孩正跟着做，看得同學們非常雀躍。

李樂詩的演講是另一種風格，她像倫文標一樣既是旅行家，同時是攝影家，配合兩極奇異瑰麗的風光攝影，她娓娓道來，顯示了知識的豐富、觀察的細緻。

她談到她遇上一場「雪暴」的驚險經過，「雪暴」發生在轉瞬之間，非人力所能抵擋。她能夠逃過大難，沒有被雪埋葬，完全由於幸運。

年　月　日　星期（　）

孩子們最感興趣的還是各種企鵝的生活習性。李樂詩強調企鵝父親是很負責任的男性，牠們義不容辭地負起孵化下一代的責任。

到了提問時間，一個學生詢問：在零下數十度的雪地如何小便？作為老師，我們覺得向一位女士問這樣的問題不大合適。可是李樂詩並沒有慍意，她若無其事地認真回答了這個問題。

有時很難分辨提問者是出於善意還是惡意，只當他們是善意該是最適當的做法。即使他們本來出自惡意，此時也會轉化成善意了。

謝謝李樂詩給我的啟示。

年　月　日　星期（　）

年　月　日　星期（　）

十五　秘密

他把紙盒打開，也打開了這兩個月以來的一個「秘密」。

今天舉行散學禮，阿傑帶了母親來觀禮。

阿傑拿了好幾個獎：服務獎、紀律獎、整潔獎……上台一次又一次，當然要讓母親開心開心。

他還跟全班同學一起領了畢業文憑，因為學校只開辦到中三，今天便是他離校的日子。不過他不必擔心出路，因為他已收到工業學院錄取的好消息。

阿傑從小學起就在這間學校就讀，對學校的要求比誰都清楚。他功課成績一般，運動和工科卻十分出色。最使人印象深刻的是他一絲不苟地守紀律的精神。集隊時，他是行列中站得最直、精神最好、校服也無懈可擊的一個。每次代表學校出外做義工，他表現出來的禮貌、服務精神、工作能力都使人稱讚。

散學禮之後他送母親上了學校門前的巴士，自己又回到學校來。老師們正在聊天和收拾東西，阿傑捧了一個大紙盒進來，看上去沉甸甸的。

他把紙盒打開，也打開了這兩個月以來的一個「秘密」。

這兩個月他差不多每天都很早回校，一回來便找着金工科的老師到金工室去。這情形許多老師都知道，不過既然有老師陪他，當然是正經事，大家也就不特別留意。

原來紙盒裏是二十多個黃銅筆座，筆座上除了插筆的銅套之外，還有一塊心形的名牌。牌上刻了每個老師的名字，還有用英文刻的「我尊敬的老師」。

他恭恭敬敬地把筆座送到每一位老師手上。我想：他是在頒獎給我們了。

我撫摸着那光滑涼潤的銅筆座，心裏想着：是什麼使他把從不曾寬裕過的零用錢省下來買材料？是什麼使他犧牲遊戲的時間，把厚厚的銅塊逐片切割、裝嵌、打磨，再刻上每一位老師的名字？

他不但表達了自己的心意，也為他的師弟們造福，因為他鼓勵了老師們，在這塊艱難的土地上繼續耕耘。

十六 阿保

阿保有一個不大好聽的綽號：「擦鞋保」。

年　月　日　星期（　）

暑假開始了，我回校當值。

阿保和幾個舊生將會來探望，早幾天他已經跟我在電話裏約好了。

阿保帶了一盒西餅來請大家吃，我也買了汽水請他們喝。

阿保是我在這間學校任教以來，唯一能在中國歷史科拿一百分的學生。他把課文記得比老師還熟，熟到可以背誦的程度。他的數學科本來最弱，在加倍努力之下，已漸漸追上成績最好的同學。

不過阿保有一個不大好聽的綽號：「擦鞋保」。這是因為他上課時留心聽書，又正正經經地提問。他又會自告奮勇幫老師擦黑板、派講義，看上去有點巴結的嫌疑。

班上的一位同學阿雄最不值他的所為，當阿保為老師做事的時候，阿雄便發出嘖嘖的聲音表示不屑。

有一次黑板上出現了一幅令人難堪的漫畫：一個人跪在地上，伸長舌頭舔人家的屁股。在下跪的人旁邊還寫了一個「保」字。從漫畫的風格來看，便知道是阿雄的「傑作」，因為班上擅畫畫的只有兩個，阿雄是其中一個。

一天早上，阿保拿了一盒西餅回來，寄放在教員室的冰箱裏。到中午大家在課室裏吃飯時，阿保請我准他去取蛋糕。

蛋糕拿上來了，他對大家說：

「今天是阿雄的生日，讓我們祝他生日快樂！」

他打開餅盒，是貨真價實的一個生日蛋糕，上面還有阿雄兩個字。他又拿出了象徵式的一枝蠟燭，用打火機點上。然後說：

「請阿 Sir 帶領我們唱生日歌。」

我看到阿雄的表情，先是意外，後來卻紅了耳朵，不知該怎麼表達。

我帶領大家唱了生日歌，請阿雄出來吹蠟燭和切蛋糕。他竟沒有對阿保說一聲多謝，大概一時在感情上還轉不過彎來。不過自此之後，阿保在阿雄眼中再不像從前那麼討厭。

阿保已經畢業了，派去一間相當理想的中學讀中四。畢業前他在我們學校參加拯溺班訓練，考得救生員銅章。趁暑假有空，他應徵到一個大廈的私家泳池當救生員。這次回校探望老師，怎可不說說他的「威水史」（光榮業績）？

他說他上班第一天泳池便發生意外。那是一個小小的泳池，因為剛放暑假，來游泳的小孩特別多，看得他眼也花了。

他第一天當值，自知經驗不足，哪敢怠慢！他一直金睛火眼地掃射着泳池的每一角落。忽然他發現有個小女孩在水底下沉浮，心想糟了，第一天上班便遇上事故！

他立即跳下水去，把那女孩抱了上來，一探似乎已停了呼吸。事不宜遲，他立刻用人工呼吸向她嘴裏吹氣，才吹了四下，小女孩就嘔吐了，弄得他一嘴一臉都是污物。在救傷車來到之前，小女孩已經會自己起身行走了。

小女孩的母親對阿保十分感激，事後送他一大盒巧克力。他自己也很開心，因為可以真正幫助別人。

跟他一同回來的幾個同學笑阿保說：「你這個故事我們聽了十多次啦！」

我說：「好事不厭百回聽，像這樣的事我還想多聽幾次呢！」

年　月　日　星期（　）

十七 一念之間

頒獎之前，他說了一個故事……

年　月　日　星期（　）

今年的聯校畢業禮，請了一位舊生來做頒獎嘉賓，他是一位年輕的海關督察。他曬得很黑，一笑便露出潔白的牙齒。跟人握手的時候堅實有力，眼睛誠懇地望着對方。

頒獎之前，他說了一個故事：

從前有個小孩，三歲便死了父親，跟母親相依為命。為了養家，母親早出晚歸，在一間工場做雜工，包括打掃、準備茶水、聽電話、做較輕便的搬運。

從六歲開始，這孩子開始上學，也開始逃學。他沒有讀過幼稚園，成績比別人差；又生得瘦小，被同學欺負；所以他寧願在街上到處蹓躂。因為留級，十一歲才讀四年級，而且被不同的學校開除過四次。

母親聽說有一間學校專收頑皮和無心向學的孩子，便決定帶他去試試。

孩子心想這間學校既然專收頑皮學生，老師一定是很兇的了，而且要寄宿，那不是沒有自由了？因此媽媽幾次說帶他去報名，他都不肯去。

直到他想母親買一部 walkman 給他，母親答應了，條件是他肯到這間學校讀書。他才勉強答應了。

這天母親請了假，又給錢兒子理了髮，要他換一套比較老實整潔的衣服。她早已問清楚學校的地址和巴士路線，兩人搭巴士前往。

在巴士上這孩子心裏已開始後悔，他最近在街上遇見一個孩子，他哥哥曾在這類寄宿學校讀書，聽說裏面有一些「大哥」，專欺負弱小和新來的同學，連老師也管不了。一進校門，恐怕以後日子不好過。

正當他心裏七上八下的時候，母親對他說：「到了，要下車了。」

母親要他先下車，她自己跟在後面。

這孩子一下車拔腳便走，母親一面追一面喊：

「阿翔！阿翔！」

孩子跑了半條街，發覺母親已停止叫喊。他回頭一看，見母親扶着一根電燈柱，正俯着身子辛苦地喘氣。

母親有哮喘病，平常上樓梯和斜坡已經氣喘吁吁，要不時停下來休息，那禁得起這樣的奔跑。

孩子見母親辛苦的樣子，心中不忍，又走回母親身邊。但見她臉色蒼白，話也說不出來；只是大力地喘氣，好像一口氣接不上便會氣絕似的。

孩子驚慌地幫母親搥背，嘴裏不停地說：

「媽，你怎麼啦！媽，你怎麼啦！」

母親終於回過氣來，孩子跟她找到這間學校，順利地報名入讀。

學校並非他想像的那樣可怕，功課要求不高，活動很多，正常的作息和飲食加上運動，他的身體漸漸強壯起來，並且發育得很好，再沒有人敢欺負他。

他順利地讀完了小學又升中學，中三畢業他考進海關訓練學校，然後是一面服務一面進修，終於在一年前升為督察。

這時大家都已猜到，他說的是自己的故事。台上的督察正是當日逃學的阿翔。

他感慨地說：

「各位同學，有時一念之間會影響人的一生。當日如果我不是關心母親，回到她身邊，今天我不知會變成什麼樣子。請大家記住，當我們心中產生一念之惡時，要立即把它消除；當我們心中產生一念之善時，要立即付諸實行！」

十八 石榴和鳥巢

我們的孩子，破壞的興趣要比建設的大得多。

二樓課室的窗外，種着八、九盆石榴。花謝之後，長出拇指般大小的小石榴。對於這石榴，誰也不存奢望。因為總有頑皮的孩子，摘下來互相拋擲。地下常見被踩碎的石榴殘渣。

操場邊有幾棵柏樹，種在大大的水泥花槽裏。曾有不識時務的鳥兒啣了草來做巢，辛苦一兩天，形成一個巢的雛形。可是一被我們的學生發現，圓圓的、像一個碗似的巢，又會還原為乾草，散碎在操場的地上。

我們的孩子，破壞的興趣要比建設的大得多，因為建設往往艱苦，而破壞十分容易。因此同事們都相信，石榴也好，雀巢也好，都難逃頑童的「辣手」。

可是今年的情況似乎有點特別，石榴一天天長大了，如小孩的拳，纍纍繫於枝間。教師們每次經過看見，心中都會升起一陣喜悅。

第一個把這種喜悅說出來的是花匠老何，他說孩子今年比去年乖，每一棵石榴都是證明。

校長也在早會的時候對全校學生說出他的喜悅。科學室膠地板上的坑坑窪窪，儲物櫃鐵門上的斑斑駁駁，課堂裏桌子和椅子的崩崩爛爛，種種破壞的痕迹並不容易恢復。石榴的小小奇蹟卻清楚地標誌着學生的進步。

也曾擔心校長的講話會帶來立即的破壞，成人之美一向不是他們的習慣，掃興卻是他們的專長。

我的擔心證明是過慮，石榴長得比從前更大了。而那柏樹上的鳥巢早已完工，不時有鳥兒飛進飛出。

一天中午休息時間，一大羣孩子從三樓圖書室的窗間下望，說是看到其中一個巢裏有幾枚雀蛋。我的眼力沒有他們好，卻也依稀看見。

第二天早會的時候，我為這幾枚雀蛋請命。我說今年是第一次有鳥兒能完成他們的巢，並且產下了卵蛋。在這個樹木不多的市區裏，鳥兒要築巢繁殖下一代難之又難。希望同學們給鳥兒爸爸和鳥兒媽媽一個機會，讓小鳥兒可以順利孵出、順利長大。鳥兒是有智慧的，牠們信任大家才在這裏築巢產卵，希望大家不要辜負牠們的信任。

除了偶然仍有孩子從圖書室的窗口觀看鳥蛋外，鳥兒家宅平安，包括那次強風訊號懸掛之後。

可惜在一次假期後的上學日，有學生走來告訴我：雀巢毀了，蛋打碎了。

我在柏樹下的水泥地上，看到那殘餘的巢和碎裂的蛋。

早會時我宣佈了這個壞消息，也表達了我的失望。

小息時有學生對我說，他相信不是中學部的同學做的，小學部有部分住宿舍的同學，假期也不一定能回家，雀巢多數是被他們搗毀的。

誰知道呢？不能回家的孩子搗破別「人」的家，其中並無特別寓意。當他們這樣做時，只不過趁一時的高興，感慨的只是我罷了。

十九

宿營

宿營對老師來說是苦差，
因為要全日二十四小時「戒備」。

年　月　日　星期（　）

跟一般學校不同，我們每年最少有兩次宿營活動，而且是全校同學參加。

宿營地點有許多考慮：一不要有其他學校的學生同時借用營地，因為必有糾紛發生；二不要太接近店舖，免得他們去買香煙；三交通不要太方便，怕他們私離營地，返回市區自尋快活。

因此長洲某兩個半山的營地是我們去得最多的地方。

宿營須家長簽字同意，要把同意書收齊已經是一件艱苦的工作。責任在學生和家長兩方面，學生不戀家，家長少回家，拖到出發那天早上，未有家長同意書的總有三五個。不給他們去，這幾天他們變成「冇王管」；給他們去又破壞規矩，以後大家都不交回條了；萬一有什麼意外，學校也負不起這個責任。

校門外旅遊巴士等待開出，社工還在盡最後努力聯絡家長，希望取得他們的口頭答允。

不許帶香煙、打火機入營是三令五申說得很清楚的了。老師也會抽查幾個煙癮最大的，要他們把旅行袋中的物件全部倒出來。不過很少有什麼發現，它們早已轉移到一些不抽煙的同學背囊中了。而事後必然發覺宿舍裏煙霧騰騰，原來偷運香煙的方法多的是：有人挖通方包（方形麵包，又叫枕頭包）的中心藏幾包香煙進去，有人藏在內褲裏面。

宿營對老師來說是苦差，因為要全日二十四小時「戒備」，即使在深夜至黎明那段時間，也要輪班巡視。

學生的習慣之一是晚上不願睡、早上不肯起。

老師帶了房間鑰匙突擊檢查，除了「抓煙」、「抓賭」之外，還要「糾正」一些情況：

兩人只穿內褲睡在一張牀上，而且同蓋一條被，理由是怕黑、怕鬼。

不是這間房的學生偷渡過來睡。

一些「大佬」赤膊俯臥牀上，由「馬仔」幫他按摩等等。

學生不肯早睡除因貪玩之外，還怕睡着了被人「整蠱」，而「整蠱」的名堂多多：

滴滴甘——用廁紙浸了尿液滴到他們張大的嘴裏去。

放毒蛇——把廁紙夾在他們的腳指縫裏，用打火機燒着廁紙，使他們痛極而醒，指縫往往淥出幾個泡來。

轟天雷——把收音機耳筒戴在他們耳朵上，從沒有聲音忽然扭到最大音量，嚇得他們整個跳起。

除了熟睡中可能被人「陷害」之外，醒的時候也一樣會中計。有人被通知到某個房間去，說老師有事找他。他推開房門，但見裏面烏燈黑火。正想退去，忽然一張毛氈迎頭蓋上，登時什麼也看不見，但覺被人拳打腳踢，只能悶着聲音喊救命。到人家打夠了，他從毛氈中掙扎出來，只見個個靜靜躺在牀上，好像什麼事情也沒發生過。究竟是誰打他，一時還不容易查出。這種圍毆方式，卻也有個有趣的名堂，謂之「紙包雞」。

營中安排了緊密的活動：游泳、射箭、繩網、乒乓球、籃球、足球、獨木舟、天才表演，希望發洩完他們的精力，晚上才願意睡覺。營中也安排了一些較靜態的活動：性向測驗、人際關係講座、卡拉OK、營火晚會……不過總是有人很投入，有人調皮搗蛋，有人躲起來睡覺。

記憶中每次宿營都有或大或小的事故發生，不是有人弄壞了營地設施要賠，便是有人受傷要出營治療。

最嚴重的一次事故我至今記憶猶新：

某老師帶一組同學去「環島探勝」，在跨過一道小山澗時，有位同學——我就叫他阿全吧——一腳踩在石塊的青苔上，滑倒了，弄濕了半邊褲子。有人倒楣，當然有人訕笑。阿全對老師說要回營換衣服鞋襪。

老師說：「你要回營便趕不上大隊，這麼好的太陽，衣服一會兒便乾。」

可是阿全站在那裏不動。老師先是勸喻，再是命令，阿全卻像聽不到一樣。

老師沒法，只得帶大隊繼續前行，臨走時對他說：

「一會兒回去跟你『計數』！」

「計數」跟「算帳」差不多，是嚴加處理的意思。

阿全後來獨自回到營舍，營中老師見他情緒不穩，問清楚原因之後，讓他換了衣服、拖鞋，叫他等某老師回來時主動去認錯道歉。他沒有答應，只是喃喃自語，憤憤不平的樣子。

某老師回營時臉色難看，顯然他一直為這件事生氣。他找到躲在一角的阿全，叫他到老師住宿的房間來。

某老師跟學生打交道有兩個強項：一是即使他很生氣也不會發火。他從來不曾提高嗓子，但也很少向學生讓步，亦有耐性跟學生磨。學生不認錯他便讓他站在那裏，自己去做其他事，隔很長的時間再來跟他磨。學生如果想脫身，除投降之外別無他法。第二個強項是他體魄好，又懂得武術，誰要是想動手動腳，他一下子便能把對方鎖牢，動彈不得。

某老師跟阿全在言語上交鋒了一會兒，一個是語調始終平靜；另一個則聲音愈提愈高，漸漸控制不住情緒。

我們幾個旁觀的老師正想幫阿全平靜下來，他忽然把頭撞向一扇玻璃窗。第一下沒有撞破，我們想拉住他時，他更猛力地撞了第二下，這時碎玻璃四飛，他也滿臉是血。我們把他按坐在一張椅子上，血汩汩的從幾處傷口流出，他手腳開始顫抖，我們擔心他會休克。

有人從藥箱裏找到棉花，找尋傷口暫時運用指壓止血；有人找到毛巾來幫他抹身上各處的血。

幸而血漸漸止了，在當地醫院的救傷人員抵達之前，我們已初步幫他包紮好傷口。我們的同事有一半以上有救傷文憑，經常派上用場。

年輕人體力恢復得快，阿全很快便回校上課，臉上也沒有留下明顯的疤痕。

這件事對我們每個同事來說，都是寶貴的一課。

在處理學生問題時，要隨時留意他們的情緒，不讓它超越安全線；這是一種技巧，甚至是一種藝術。因為聰明的學生有時會扮失控來嚇老師，如果不能識破，他們便會經常使用這一招。

另一個使我難忘的宿營故事發生在我自己身上。

那是第一次編配老師與學生住宿在同一房間。好處當然很多，起碼他們不敢在房間裏抽煙聚賭，也不可以欺負同學。對老師來說當然有點冒險，因為不知在熟睡後會不會成為他們作弄的對象。

我的房間共有學生八人，我是他們的班主任，平日關係不錯，因此我很放心。營地在半山，這天我因為要接一位嘉賓入營，又帶孩子們市鎮漫遊，頗有點疲倦。晚飯後是觀星和講鬼故事節目，散會時已是十時。我催促大家洗澡睡覺，自己躺在牀上假寐。孩子們進進出出，我說明天一早便有節目，快休息吧！

不久我由假寐漸漸進入夢鄉，而且睡得很沉。到我忽然驚醒時，看看腕錶已是午夜十二點半。爬起來看看孩子們睡了沒有，發覺竟是八張空牀。這一驚非同小可，連忙出外去尋，看他們是不是躲在某處抽煙賭錢。

巡視營內各處，寂無一人。走出營外，明月在天，蟲聲唧唧，連營中兩隻狗兒也在睡覺。我側耳傾聽，如果他們還在營中，如此夜靜，定會發出聲音。可是我聽到的只是蟲聲和遠處海濤的聲音。

我心中一凜，怕這班頑皮鬼到了某處去游泳，如有不測，怎麼是好！無論如何要去把他們找回來。

我敲另一間宿舍的房門，裏面鼾聲此起彼伏，好不容易才把社工霍君叫醒，說明原委後，我們估計他們到市鎮消夜的機會最大。因為日間在市鎮漫遊時，他們曾經碰見熟人，而且是女性，說不定約了在海旁粥檔見面。

我們在月色下步行二十分鐘到達市鎮海旁，大牌檔燈火通明，生意不錯。走近一看，一如所料，八個男生跟幾個女子正在吃粥。

他們見我們來到，居然不慌不忙，像沒事一般說：

「阿 Sir，食粥呀！」

我黑着臉說：

「你們倒是快活，可知我多麼擔心！快跟我回去，看我如何跟你們算帳！」

他們本已差不多吃完，便快快的結了帳，跟我們回去。那幾個女子半途也回到她們自己的住處。

一路上我默默無言，以示我的氣惱。事實上這是我一天內第二次上山，兩腿很有點酸軟。

將近營地時，他們中的班長走到我身邊說：

「阿 Sir 對不起呀，我們本想叫你同去，但見你睡着了，不敢吵醒你，才靜靜下山，下次不敢啦！」

「今晚全班罰站到天亮，看你們下次還敢不敢！」

他伸了伸舌頭，沒趣地走開了。

到了營地大門，我說：

「你們靜靜回去，如果沒有吵醒任何人，便原諒你們一次！還有，你們累得霍社工要下山找大家，快向他說對不起！」

他們果然悄聲向社工說了對不起，還用手勢賠不是；又同樣對我說了對不起，又敬禮又鞠躬。

八個人躡手躡腳地進去，悄沒聲地上牀。不到十分鐘，鼾聲已此起彼落。

此時我毫無睡意。心想：我是否對他們太過寬鬆？轉念一想：若干年後，他們回憶讀書生活時，許多事情或許都忘記了，說不定還記得這次宿營，記得這次偷偷下山消夜的趣事。而我，在他們的回憶中，也該不算討厭吧？

年　月　日　星期（　）

年　月　日　星期（　）

二十 「玻璃骨人」

他是肢體上的傷殘，
我的學生是精神上的傷殘。

今天我請了王均祥來我們週會做主講嘉賓。

王均祥是香港最有名的「玻璃骨人」，他曾現身說法，演出一齣叫《天生你材》的電視劇，感動過許許多多的人。

我們學校屬會另一間學校的校長告訴我，他們有一個倔強的小學生，從來沒有人見過他哭。被高班的同學欺負，他力戰到底，打得頭破血流，依然狠狠地盯着對方，不流一滴眼淚。被老師處罰，不服氣的話，也是永不低頭。不論受怎樣的處分，也不會向你求情，眼淚絕對不是他的武器。

可是那次他們播放《天生你材》錄影帶，這倔強小子坐在前排，一片漆黑中，在熒光的映照下，校長看見這孩子滿臉是淚，還不停用手去抹。

我是《天生你材》的編劇，已經跟王均祥一家人做了朋友，請他幫忙當然不會推辭。何況他能言善道，很有表演天分，又樂意做點社會服務。我跟他一提，他便急着要來。

事前我們已經做了準備工夫，介紹了「阿祥」的身體狀況：他已經二十多歲，卻只有兩尺多高，坐在一輛嬰兒車裏。我希望同學們見了他不要大驚小怪，更不要說出傷害別人自尊的話，而要學習他樂觀的精神，堅強的鬥志。

我把均祥從他家裏接到學校時，全校同學已經在週會舉行的地方坐好。我把均祥連嬰兒車推上講壇時，全場立即響起熱烈的掌聲。

均祥舉起小手向大家致意，用宏亮的聲音介紹了他自己的遭遇。那是一個與《天生你材》不完全相同的故事，他的命運比劇中人更為坎坷。當時導演不想觀眾懷疑，為什麼有這許多不幸的事會集中在同一個家庭，建議我刪去一些真實情節。

均祥說他從嬰兒時期起便患了骨骼缺乏鈣質的怪病，人長不高，而且骨骼脆弱容易折斷。他最怕跌倒，別人摔跌，可以自己爬起來，一點事也沒有；他一跌，輕則斷骨，重則有生命危險。照料他的人和他自己都要特別小心，要把他當作一件易碎的玻璃器皿，所以被稱為「玻璃骨人」。

他出生不到一年，父親中風，一邊身子癱瘓，再不能出外工作，整個家庭擔子便落在媽媽身上。

她要出外工作賺錢養家，她要照料癱瘓的丈夫，她要照顧剛開始入學的大兒子，她還要照顧阿祥弱智的姊姊。

她最大的負擔還是到處求醫，想醫好阿祥的病。她抱着他走遍港九大大小小的醫院。有的醫生不肯醫，有的醫生醫了幾回見沒有進展便放棄了，還直接對她說：

「這孩子是養不大的，你還是不要費心吧！」

阿祥媽媽聽了心裏雖然難過，養大孩子的心志一點也沒有動搖。她說：

「孩子有一天的命，我便養他一天，絕不放棄。」

為了更好地照顧家人，媽媽不再上班，她在家裏做些外發車衣的工作，趕工的時候幾乎整夜不睡，有時身體不舒服也要硬撐下去。

讓阿祥媽媽開心的是，阿祥不但活了下來，而且聰明伶俐，很早便會講話了。

接下來阿祥細說他在大口環骨科醫院住了七年的治療過程；他動了無數次手術，吃了說不盡的苦，卻沒有多大的進步。

他十一歲才開始正式讀書，那是雅麗珊紅十字會學校，就讀的都是身體有傷殘的孩子。阿祥很喜歡讀書，也很努力，不止一次考第一名。

小學畢業之後，阿祥找不到可以收容他的中學，在家裏呆了三年，看書讀報，還寫文章拿到報章上發表。

後來他和姊姊一同去庇護工場做工，工友們各有各的缺陷，可是每一個都很努力工作。一個手部痙攣的工友，學會用腳工作；一個患小兒痲痺症的女孩，能夠為自己裁剪一套套的新衣。阿祥雖然感到工作沉悶，也努力地做着。有時還唱一些流行歌曲，為工友也為自己解悶。

《天生你材》的成功演出，帶來無限的鼓勵和讚美，更出乎意料的是，一間有名車行的負責人，看了《天生你材》之後，提供了一份文員工作給他，為了便利照顧，連阿祥媽媽也一併僱請了。

他現在是邊學邊做，經過一番努力，自覺還可以應付。

阿祥最後說：「社會關心我、愛護我，我也應該為社會做點事。我時常去做義工，演講、唱歌、做司儀，我想大家知道，『天生我材必有用』這句話一點不錯，我便是其中一個例子。」

他的演講帶來久久不停的熱烈掌聲，同學們的專注力和良好秩序都是少有的。

到了提問時間，有同學請他唱一首歌，阿祥毫不推辭，唱了許冠傑的《父母恩》：「在世間飄泊，孤身彷似浮雲，心底裏每思親添百感。父母恩千丈，一生把我護蔭，有若明燈驅黑暗。父母恩，勝萬金，春暉寸草心，推衾送暖舐犢情深……」

阿祥的聲線很有泰迪．羅賓的味道，他感情投入，唱到情深處忍不住拭淚。

我一面聽着他的歌聲一面想：阿祥是肢體上的傷殘，我的學生是精神上的傷殘，兩者都很難醫治。希望阿祥積極向上的人生態度，重視親情、知道感恩的表現，能帶給我的學生一種感情上的矯正作用。

二十一 不嫌

我終於做到不嫌他們，就像他們互相不嫌，也不嫌我一樣。

以往學校旅行，都是全校師生前往同一地點的；今年來一個新嘗試——每班自選地方，由各班的主任老師帶領前往。校長則留守學校，哪一班有事都可以打電話回去商量，安全散隊後也要向他報告。

分班旅行的好處，一來可以讓班主任有更多接觸本班孩子的機會；二來由於人數少，發生矛盾、衝突、紛爭的機會也少，希望沒有不愉快的事情，把本該開心的一天變成使人遺憾的日子。

我班選擇的地點是一處離島，有山有水有市鎮，去過的同學不多，有新鮮感。

孩子們除了帶水之外，不用帶備食物，我們會在市集上的大牌檔用膳。

年　月　日　星期（　）

早一天我們約法兩章：一不要遲到（過時不候），二不要帶香煙。

十二個孩子準時出現在碼頭，個個穿着夠流行夠前衛的運動衫，阿良穿的卻是校服。

平常孩子們千方百計找尋不穿校服的機會，每天都有學生因校服不整齊被罰。放學後一出校門便到附近公園的廁所裏把帶來的便裝換上。在這個人人都穿便裝的日子，阿良穿的卻是校服，當然遭到同學的訕笑。

他顯得有點尷尬，他的回應是：

「我喜歡呀，不可以嗎！」

人人都知道他不喜歡，但家家有本難唸的經，連旅行的日子也要穿校服，這背後一定有很不開心的故事，於是我故意把話題岔開。

我看到阿良斜掛在身上的是一個士兵用的暗綠色鐵水壺。我說從前我也有一個，堅牢好用。我問他：你的一個是哪裏來的？他說是在舊貨店買的，他還買了整套迷彩軍服、皮帶以及軍靴，不過怕穿來旅行太誇張。

船抵埗後，我們開始步行橫過這個島。我們要越過一個山坡，到島的另一邊去，那裏也有市集和碼頭。

沿途我教他們認識一種叫山棯的野果，怎樣挑熟的來吃；又教他們從捲起的葉子底下找豹虎，一種又叫「金絲貓」的好鬥的小昆蟲。我用長條形的闊葉摺成扁平的匣子，讓牠們藏在裏面；當另一隻豹虎要進入牠們的領域時，雙方便會進行一場廝打。打敗的一方會拉起一條絲線（很像拍武俠片時吊鋼絲那樣）落荒而逃。

這玩意引起了大家的興趣，你捉他也捉，又拿捉到的豹虎互相挑戰。

經過連番催促，他們才肯繼續前行。

山坡最高處是一塊平地，我讓他們稍作休息。有人帶了足球來，一場球賽立即開始。

踢球時阿良摔了一跤，手肘處擦破了皮，幸而不算嚴重。我用我自己携帶的礦泉水幫他洗淨了傷口，搽了消毒藥水，血已止了，也就毋須包紮。

球賽結束後我們開始下山，山路比較崎嶇，又沒有風，大家都感口渴。起碼有一半的人在踢球之後已把帶來的水喝光，於是向別的同學討水喝。

一瓶水傳來傳去，你喝一口，他喝一口。

這情況在我與我的朋友間也常碰見，當我們共用一個水壺時，會仰起脖子，舉起水壺，把水懸空倒進嘴裏。有時倒得不好，會撒得滿身都是。據說這是基於衞生的理由，但更大的原因是出於心理因素，不想吃別人的「口水」，也怕別人不想吃自己的「口水」。

可是我的學生卻不嫌這些，他們把嘴直接就着水壺喝水，然後傳給下一個，連抹也不抹一下壺口。

這時阿良把他那軍用水壺遞給我，他知道我在幫他洗傷口時已把水用光。我毫不猶豫地學他們那樣，就着壺口喝了幾口。在他們看來，一點也沒有什麼特別；對我來說，內心卻經歷了掙扎和努力。

我終於做到不嫌他們，就像他們互相不嫌，也不嫌我一樣。

孩子們今天玩得很開心，我相信他們各有收穫。而我自己最大的收穫是突破了一種心理障礙，我覺得與他們有前所未有的親近。

年　月　日　星期（　）

二十二 拾遺

同學笑他是蠢材、笨蛋……

今天阿國又再遲到，他報到的時候我把他叫進教員室。我說：「這是你這個月第五次遲到了，昨天你是怎樣答應我的？」

他說他本該不遲到的，但下車時拾到一個錢包，他送去警局，因此遲了。他怕我不信，拿出一張紙來，果然是警局登記的他拾獲物品的清單。東西還真不少，除了身分證，還有幾張信用卡、兩千多塊錢現款、一隻紅寶石戒指和其他一些雜物。

這使我立即對阿國另眼相看。

阿國今年讀中一，功課成績不好，運動成績也欠佳。不肯跟大隊，近乎獨來獨往。他臭嘴，喜歡批評和嘲笑別人，也往往因此捱打。

我們的學生，有高買和偷竊案底的不少，如今居然有人把拾得的東西送去警局，面對大筆現金和寶石戒指而不起貪念，實在有點出人意表。

我立即帶阿國去見校長，說這樣的事情值得表揚。校長聽了也很高興，就在下午集隊的時候宣佈了這件事。老師們帶頭鼓掌，可是阿國憂形於色，只是低頭站着。

放學時我見阿國的樣子更難看，便問他為什麼不開心？他說希望我以後再不要提起這件事。

我問他為什麼？

他說同學笑他是蠢材、笨蛋、「嫌錢腥」，怪他不拿那筆錢請大家吃東西、打遊戲機。好像那筆錢本來是屬於他們的，是阿國使他們受了損失。

我說：笑就由他們笑，老師欣賞你做得對，校長欣賞你做得對，那個失主會感謝你，警務人員會欣賞你，你為我們學校爭了光。只要你相信自己做得對，別人說什麼不要放在心上。

為了堅定一個孩子做好事的信心，在不久後舉行的頒獎禮上，由主禮嘉賓頒發了一個銀光閃閃的獎牌給阿國，上面刻着「誠實可嘉」四個字。

阿國那一班的同學不但大力鼓掌，還發出喝采聲。看來他們已經改變了看法。

年　月　日　星期（　）

二十三 吸煙的故事

我見過的年紀最小的煙民才六歲多。

不像外國的一些「開放」的學校，也不像傳聞中的國際學校，說學校闢有吸煙室，小息的時候老師和學生都可以走進去吞雲吐霧一番。

吸煙和反吸煙，禁煙與反禁煙之間，成為學校生活的拉鋸戰。

我見過的年紀最小的煙民才六歲多，是小學部的學生。他點煙手勢的純熟，跟幾十歲的老煙槍沒有分別。他告訴我他全家都吸煙，爸爸、媽媽、哥哥、姊姊，煙要一條條的買，裏面有十包，兩天便全報銷了。

除了在家裏拿，他們也會自己買，有錢的整包買，帶回學校請客；沒錢的可以一枝枝零買。附近有一家小雜貨店，無良的老闆把整條煙拆開分售，謀取暴利。不過這家小雜貨店不止一次遭爆竊，除了失掉一些零錢之外，被偷的主要是香煙，而且是我們學生最喜歡的牌子——經常用牛仔騎馬為主題賣廣告的那一款香煙。

至於初入學的新丁，能夠帶一包煙回來請客，的確有助於他們的人際關係，少受許多折磨。

一包簇新的香煙若被老師搜去，對他們來說是很嚴重的打擊，不但是金錢的損失，而是這一天不止一個人會吊癮。在這樣的情況下，由於失望和憤怒，他們往往情緒失控，用粗話辱罵老師，明知會導致更嚴重的處罰，也要發洩他們的情緒。

當老師發覺學生正在吸煙，要他們把煙交出來時，他們必定狠吸幾口；罰是罰定了，能多吸一口也是好的。

最多人吸煙的時間是小息和午飯後，有人隨便扒幾口便說吃完了，溜到外面去抽煙。後來老師規定離開的時間，當他們可以離開課室時當值老師已到處巡視了。

上課的中途，總有幾個學生裝出尿急或便急難忍的表情，要求去廁所。老師偶爾心軟，他們便得其所哉。香煙、打火機早已藏在窗框等隱蔽地方，過癮之後洗了手、漱了口才回課室來。他們會背着老師向同學表示「得咗」，於是又有人舉手要去廁所。老師不許，他們便說老師「大細超」（不公平），頻頻抗議。

最多人吸煙的地方當然是廁所，他們有時把香煙用膠袋封好藏在水箱裏，門外又派人輪流做「天文台」（通風報信），遠遠看見老師，便大聲叫「阿 Sir 早晨！」「阿 Sir 午安！」端的十分有禮。

最大膽而又安全的吸煙地點在操場中央，數人圍坐，一枝煙在背後傳來傳去。老師不論從那個方向出現，都逃不過他們的眼睛。還未曾走到他們身邊已一哄而散了。

至於上課的時候吸煙，那是明目張膽的跟老師作對了。只有一些代課老師，或他們認為可欺的老師上課時他們才這樣做。

有一次我跟一個牙齒和手指都薰黃了的學生聊天。我說吸煙對他們這樣年輕的人會造成很大的傷害，到年紀大了，這樣那樣的毛病都出來了，那時後悔已來不及了。

他很有感慨地說：「有這麼長命再說吧！阿 Sir，我們不同你們。你們生活中樂趣多，飲茶、食飯、睇戲、聽歌，長假期還可以去旅行，坐飛機這裏去、那裏去。你們又懂得看書、欣賞什麼文學藝術。我們有什麼？沒有錢，也不懂得欣賞，悶的時候吸一口煙，便是很大的滿足。你們偏偏看不開，好像我們犯了很大的罪！」

我聽了差點不曉得回答，因為他說的確是實情。只能勉強對他說：「我們也是為你們好。」

有一次學校參加一個反吸煙戲劇比賽，劇本由我來寫。故事說一個抽煙少年，因為抽煙常跟老師衝突。他的理由多多，包括鄧小平抽煙一樣活到八十多歲。劇中的少年跟父親的感情很好，父親卻不幸患上肺癌，醫生說大概只有半年命。醫生又說這是長期吸煙的結果。為疾病折磨的父親在病榻上勸兒子不要再吸煙，兒子含着淚高聲說：

「如果我再吸煙，我就不是人！」

扮演兒子的是中二級一個肥仔，他煙癮甚大，因此在舞台上扮吸煙手勢極為純熟。不過每當他高聲喊出上面這句台詞時，台下看綵排的同學便忍不住笑。因為他一排完戲，定會找個隱蔽的地方吸煙。

到了比賽那天，我跟另一位老師帶他們到比賽場地。我們分配到一個房間做準備工作，化粧啦，換衣服啦。一切準備就緒，他們派肥仔做代表對我說，要舉行一個誓師儀式，激勵大家，奪取獎杯。不過，他們希望我們老師迴避一下，讓他們做得盡興一些。

我們不想逆他們的意，便退出房間。很久很久也不見他們出來。最後我忍不住去敲門，說時間差不多，要準備出場了。

門一開，但見室內煙霧迷漫，如果有防煙裝置的話，早已警鐘大鳴了。

大概誓師典禮的確曾經舉行，不過誓師之後便是集體「煲煙」。演出反吸煙戲劇，卻在之前大吸特吸，可算諷刺。

不過他們的演出很是成功，奪了一個大銀杯回來，放在學校的玻璃櫥櫃裏。玻璃櫥放着許多獎杯，都是學生在運動場上獲得的，從舞台上獲得的只此一件。

年　月　日　星期（　）

二十四　遊船河的故事

爬到海風獵獵的桅桿高處，總令人十分緊張。

學校每年都有一兩次遊船河活動，有活動便有故事。其中一則是校長時常講的，雖然聽了多次，仍覺好笑。

那隻遊艇叫「乘風號」，專為青少年康樂活動而設。可以遠航至菲律賓等東南亞地方，最多時候當然是在香港附近海域作一日遊。

「乘風號」不但帶大家遊覽海域，駛往海水最澄澈的地方讓大家游泳，途中還講解航海知識，又讓孩子們一嚐駕駛和爬桅桿的滋味。

其中要數爬桅桿最刺激，即使做足安全措施，但在晃盪的船上，爬到海風獵獵的桅桿高處，總令人十分緊張。

不過好勝的孩子還是排着隊一個個輪流上去，其中一個是黑仔。

黑仔在桅桿頂上做了幾個威武姿勢之後，準備下來了，卻被一些繩索纏住。他不敢亂解，怕解錯了會掉下來。偏偏這時船正駛到海浪最大的地方，遊艇左搖右擺，傾斜度很大。

他在上面折騰了半個小時，負責這個活動的船員教他這樣、那樣，把喉嚨都喊破了，黑仔依然不能擺脱困境。

最後驚動了船長，他有一把響亮的聲音：

「你放開左手，右手從最粗的那條繩子底下穿過去！」

大家聽見黑仔用帶哭的聲音在桅桿頂上説：

「哪一隻是左手，哪一隻是右手呀？」

眾人雖然替他緊張，見他嚇得連左右手也不會分都忍不住笑。

就在許多人張大嘴哈哈笑時，忽然有一陣水點從上面灑下來。此時天朗氣清，陽光普照，當然不會是雨點。到大家明白是怎麼一回事時，黑仔急出來的一泡尿，已經叫下面許多人中招，包括船長在內。

另一個故事卻是我親眼看見的。

這次是離島海域一日遊。學校找到朋友贊助，供應全校師生食品、飲料，船費則由校方津貼，因此孩子們一毛錢也不用花便可以去玩樂一天。

出發前一天，校長已經約法三章：準時集合，不許帶香煙和打火機，穿鞋着襪。為什麼遊船河也要穿鞋着襪呢？校長認為這是學生上街的禮貌。到了船上，他們可以把襪子脱下，換上拖鞋或赤腳。但登船之前和離船上岸之後，大家都要穿鞋着襪，如有違者，會拒絕他參加。

船泊在尖沙咀碼頭側的公眾碼頭，班主任和校長在岸邊看着孩子們陸續上船。原定開船的時間到了，有八個學生被留在岸上，因為他們沒有穿襪子。是那時的風氣流行不穿襪子，遊船河而要穿襪子，他們更覺可笑。這八個學生抱着只管一試的心態，向校長的話挑戰。

校長面帶寒霜，命這八個學生列隊站在他面前。我們都知道其實他心裏正感為難：

不讓他們去，不但浪費了一批食物，又使他們失去一次參加健康活動的機會；而且這空出的一天，難保他們不在街上遊蕩，到處生事。如果讓他們去，那就是說校長不是言出必行，說過的話可以作廢，如何使其他同學心服呢？

權衡利害，校長在訓斥他們一番之後說：

「現在沒有辦法了，我只有通知你們的家長，讓你們回家。」

這時候八人中的一人忽然舉手說：

「校長，我背囊裏有一對襪子，現在穿可不可以？」

「快穿！」校長說。

這孩子迅速地從背囊中拿出襪子穿上，蹦蹦跳跳地上船去了。

「下次不得作怪！」校長追上一句。

這孩子連連道歉。

現在剩下愁眉苦臉的七個。

我這時想起鄰近的海運中心，商場裏可能有襪子出售，便建議校長准許他們去買襪子。

「誰願意去買?」校長問。

他們個個點頭。

一位老師願意帶他們去。

開船的時間本來到了，如今只好等一等。

二十分鐘之後，老師帶了他們回來。從他們臉上的失望神色，可以知道襪子沒有買成。

原來商店賣的都是些高檔貨品，最便宜的襪子也要幾十塊錢一對，他們負擔不起。

我又忽然記起碼頭邊有一間屈臣氏藥房，往往有十塊錢兩三對的運動白線襪出售，何不前往試試?

這次由剛才的老師單獨前往，很快便帶回來七對襪子。

孩子們笑逐顏開，接過襪子穿上，在其他同學歡呼聲中登船去了。

遊艇汽笛長鳴，準備解纜開船。校長留在岸上，因為他今天要開會，不能陪大家同去。

這時卻見一個中三級的學生氣喘喘地跑來，上氣不接下氣地說：

「校長……我……遲到！」

校長向他腳上一望，球鞋邊上不見襪子的蹤迹。

「為什麼不穿襪子？」

「我……我趕時間。」他囁嚅着說。

這時候再去買襪子是來不及了，校長帶他去電話亭打電話通知家人，他要留在家中。

站在船邊看熱鬧的同學幸災樂禍地送上一些取笑的話。遲到又沒穿襪子的學生垂頭喪氣。

我記得很清楚，半年後的另一次遊船河活動，沒有一個學生是不穿襪子的。

二十五 錢包不見了

我向全校同學宣佈：我的錢包不見了。

我的錢包不見了，裏面有身分證、提款卡、鎖匙以及少許現金。

我清楚記得有帶回學校，因為曾經拿鎖匙開抽屜，又拿錢出來交膳費，後來不知怎樣不見了。

失竊是常有的事，學生經常報失的是Walkman、其次是手錶和現金。每逢有這樣的事發生，放學時便會來一次突擊搜查書包。

記憶中沒有一次是搜書包找到失物的，偷東西的早已學會先把東西收藏在隱蔽的地方，以後慢慢找機會運出去。

只是苦了那些帶香煙、打火機回校的同學，失物找不到，香煙、打火機卻被充公了。

有同事建議放學後搜書包，我說搜也沒有用，還是讓我呼籲一下吧。

放學的時候我向全校同學宣佈我的錢包不見了，錢不多，但那些身分證呀、信用卡呀、鎖匙呀要補領、補配會帶給我不少麻煩。希望拿去的同學想辦法交還給我，只要他有心還給我，相信總會想到辦法的。

我說我不想把全校同學當做嫌疑犯，我不會搜大家的書包。

放學後我像平常一樣留在辦公室改學生的功課，我班上的兩個學生氣喘吁吁地敲門進來。

他們向我報告，校園外的斜坡上，他們已進行了地毯式的搜查，沒有發現。他們又派人在兩個路口截查有嫌疑的同學的書包，可惜也沒有發現。

這都是他們自動去做的，我是他們的班主任，有人偷他們班主任的東西，也就是不給他們面子，所以他們很氣憤。他們還說會繼續查，直到查明真相為止。

我見兩人一身是汗，知道他們真的盡了力，便誠懇地謝了他們。我叫他們不要在路口查同學的書包，以免引起誤會和爭執。

孩子們離開後，失去錢包的不快已經被一份安慰感所替代。他們把我當作榮辱與共的一個集體成員看待，他們願意為我盡力做他們能做的事，這份友誼與關愛相比於我失去的，實在太微不足道了。

後記：幾個星期之後，我在我的儲物櫃裏發現了我原以為遺失了的錢包，所有東西都在。相信是我在匆忙間把它放那裏，事後卻忘記得一乾二淨。我靜靜把錢包帶回家，決定不把這件事告訴幫忙的同學，免得他們覺得白白為我做了一番工夫。事實上他們一點也沒有白做，因為他們鼓勵了一個老師更努力去關心他的學生。

年　月　日　星期（　）

二十六 服務

他們得了一面大錦旗，
上面有四個大字：「熱心服務」。

今天中二乙班的同學接到一個光榮任務：協助幾間弱智學校舉辦聯校遊戲日。我是帶隊老師之一。

遊戲日在一個運動場舉行，天氣很好，彩旗招展，擴音器播放着節拍明快的音樂，孩子們有的跟着拍掌，有的擺動着身體，個個臉上都帶着笑。

我們的學生被分派到不同的崗位：有些準備遊戲用品；有些做學生領隊，帶他們去遊戲場地，比賽完了又把他們帶回去；有些則做分牌記錄員。

我看到我的一個學生臉露笑容，用最親切的語氣，教那些患了唐氏綜合症的小朋友怎樣玩遊戲。他示範了一次又一次，又逐個叫他們做一次給他看。那做得好的他就鼓掌表示欣賞，做得不好的他便示範多一次。

我看到另一個學生拖着那些孩子的手，由這裏到那裏，又由那裏回這裏，來來回回也不知多少次。

到中午小休時，許多小朋友圍着我們的學生，努力地表達他們的心意，大家像很熟絡的樣子。

遊戲日結束了，同學幫着收拾用品，清理場地，都做得又快又有效率。他們得了一面大錦旗，上面有四個大字：「熱心服務」。但他們最大的收穫是在他們列隊離開時，全體小朋友向他們一邊揮手一邊喊：

「哥哥再見！多謝哥哥！」

主辦單位的負責人向我千多謝、萬多謝，說我們的學生提供了最傑出的服務，希望我們下次再來幫忙。

回家途中我想：是什麼使我們的學生這麼有耐性（他們平時可沒有）？是什麼使我們的學生這麼有愛心（他們平時的表現是只愛自己）？

年　月　日　星期（　）

後來我在作文課出了一條題目：記一次義務工作。一個同學的文章中有這樣的一句：

「看到他們做很簡單的動作也這麼困難，我才知道我是幸福的。」

二十七「一休」

他是本校出現過的最精靈的孩子。

今天王校長打電話來學校找我，問我有沒有可能讓某某再回來本校讀書。

我當然記得某某，他是本校出現過的最精靈的孩子。他肥肥白白，剪了一個和尚頭，臉上常帶笑容，分明便是電視卡通片裏的小和尚「一休」。

從他上學第一天起大家便叫他「一休」。

他過去的「歷史」可不簡單：

八歲那年他獨自一人偷偷從香港回北京看他的祖母，把祖母嚇了一大跳。他是怎樣進出海關的，無人知道。

他在某校讀中一，開課不到一個月，便把幾個課室的壁報撕下來，從樓上丟下操場。

我們還知道他的家境富裕，父親的公司經營兩個名牌代理，電視上常播放這兩個牌

年　月　日　星期（　）

子的廣告。

後來他到我們的學校就讀。校長表示歡迎，又提醒他要好好學習適應新環境，尤其要好好跟同學相處。

一休的適應能力很強。

當別人想摸摸他的光頭時，他來者不拒。

他自己不吸煙，卻每天帶一包回來請客。老師已作出警告，似乎並沒有奏效。一休把時間地點稍作遷就，改在回校的路上把香煙派光。

有一次他被人打黑了眼睛，卻沒有向老師投訴。班主任和社工再三追問，他也守口如瓶。據說這種「義氣」行為受到同學的敬佩，從此再沒有被人打過。

上學期的大考他考了個全級第一，英文、數學、中文都是全級最高分，只是幾個工藝科目比較弱。

下學期的一次宿營活動中，他為「天才表演」的項目寫了一個劇本，自編自導自演，除了自己擔任主角之外，班上十個同學人人有份。他的劇本充滿笑料和機智，還有自編的歌詞，配上流行曲曲調。歌詞中英文夾雜，同樣的活潑調皮。

他的演出可以說是光芒四射，自然得到全場冠軍。

個案研討會上，大家都覺得這孩子既聰明成績又好，最好能夠回到正規學校去。

不待我們勞神，暑假前他已經用電腦打印了三十多封信，寄往三十多間中學，申請就讀。

不過他告訴我，只有一間有回覆，叫他正式報名，參加他們的插班生考試。

我問他是哪一間，他告訴我那間學校的名字。原來我認識這間學校的王校長，他對教育很有理想，並且凝聚了一班同樣有理想的教師，想把這間學校辦成一間試驗性的學校。

我鼓勵一休好好爭取入讀。

後來王校長打電話給我，問起這個孩子的情況。我告訴他一休是一個天才兒童，我怕我們的學校埋沒了他，所以希望他能轉校。

暑假後一休沒有再回來，社工報告說他順利考進了那間學校。

可是王校長今天打電話來問我們可不可以再次收留他。我問發生什麼事。他說一言難盡。

他說中午吃飯時間這孩子常常坐計程車離校，也不知他到哪裏去了。有時趕得及回來上課，有時竟一去不返，問他他又不說。

他跟其中兩科的老師不和，經常唱反調，上課時問一些課程以外的問題，不回答他便高聲抗議，造成很大的滋擾。

他的個案被交到社工那裏跟進處理，可是他擅長帶社工兜圈子，謊話連篇，也不知哪句是假，哪句是真。

王校長覺得這孩子的表現慾很強，似乎在我們學校更能夠提供這樣的機會。

我說我會跟校長商量一下。

校長說，這還要看孩子和家長的意願。不過對方是不是放棄得太早了一點？

我把這話轉告了王校長，他謝了我，沒有多說什麼，看來他有他的難處。

後記：後來在一次教育活動中碰見王校長，他說一休已經自動退學，至於去了哪裏，他卻不清楚了。

我祝福這個聰明活潑又有天分的孩子，隨着他的成熟，終能找到他應走的路。

二十八 照相簿

他請院長幫他辦一件事，卻是院長想不到的。

今天幾間院舍和學校的同事聚餐，我跟其中一位姓何的院長同桌，席間他提及一件近事。

今年的清明、復活節假期，何院長去赤柱監獄探訪一個舊生。他是一名死囚，因謀殺罪被判死刑，香港不會切實執行死刑，卻也釋放無期，要一生在監獄中度過。

院長稱這種探訪做「拜生人山」。「拜山」是為死者掃墓，人未死卻等同死了一般，去探訪他使人有種掃墓的感覺，便是「拜生人山」。

舊生才二十來歲，未來的悠悠歲月還真不知如何度過。

院長除了問他有沒有家人探訪，生活上有什麼需要之外，也找不到多少話題。

不過他請院長幫他辦一件事，卻是院長想不到的。

原來最近有宗教團體來監獄傳福音，並且帶來一些禮物。舊生分得一本照相簿。

監獄裏沒有拍照，舊生回顧既往，父親早逝，母親忽然不知去向，由祖母帶他長大，住進中心的院舍之前竟不曾留下什麼照片。

他也曾有過一些照片，但從來沒有好好保存，早不知散失到什麼地方去了。

他這一生拍照最多、生活最快樂的日子便是院舍生活的四年。他記得有運動會的照片，他一次又一次的站在台階上領獎，還豎起勝利的手號。

他記得有旅行的照片，大家圍爐燒烤，登山涉水。

他記得有宿營的照片，他扮女人演出話劇，還有射箭、繩網等等活動。

他記得有聖誕慶祝會的照片，一位魔術師邀請他上台做助手。

他記得有畢業禮的照片，他代表全體同學領取畢業證書。

這些都是他生命中最美麗的回憶。他希望院長找到學校保存的底片，只要是有他出現的，都為他沖洗一張。他在監獄裏做工，儲蓄了一些工資，可以用來付款。

為了舊生那本空白的相簿，院長頗花了一番功夫。他找到這孩子的三十多張照片，沖洗後寄給他，也不收他任何費用，說是送給他的生日禮物（院長從舊的學生紀錄卡上知道他的生日快到了），希望他能從回顧過去中，重拾生命的意義。

年　月　日　星期（　）

年 月 日 星期（ ）

二十九 大傻

「大傻」不傻，只是脾氣躁……

今年的「畢業生升學就業輔導營」，像往年一樣在長洲舉行，這個營地宿位不多，正好讓我們全部佔用了。

輔導營的節目很緊湊，有性向測驗、選校須知、面試技巧，還有一項叫「師兄傳經」，是邀請舊生回校，講述他們離校之後繼續學習或投入工作的體驗，讓師弟們作為借鏡。

答應長途跋涉前來「傳經」的其中一位師兄是「大傻」，他住在新界，進來頗花時間，可是他每年都肯來，社工一問他便答應。

「大傻」並不傻，只是脾氣躁，發作起來不顧後果，別人看上去便覺有點傻了。

記得有一次全校同學集隊放學，老師說大傻因為某個原因要留堂罰站。同時被罰的十多個同學都沒有說什麼，只有大傻高聲反駁，說他沒有錯。老師說：「你留下來再說。」他卻說：「睬你才是傻瓜！」拿起書包便走。

全校同學都看到他這鹵莽行為，有人露出幸災樂禍的神情。我們做老師的覺得錯愕突然，卻無意把他追回來。一則他跑得很快，二則拉拉扯扯也很難看，就讓他自己回家冷靜一下。

後來是他自己回校求情，作出許多保證，並且願意接受處分，校方才讓他繼續學業，讀到中三畢業。

其間也不是一帆風順。有一次兩天不見他回校上課，晚上我打電話到他家去。他在電話中大聲吼叫，說被鎖在家中，兩天未能出外，如果再不放他出來，他便放火燒屋。我安撫了好一會兒，答應叫社工聯絡他的監護人，很快便會放他。不過我要他自己也要做好一點，監護人不是無端把他鎖在家裏的。

大傻畢業後派往工業學院，順利地完成了一項職業訓練，畢業後很快做了「師傅」（起碼顧客都是這樣叫他），薪水不算高，但相當安定。

大傻感情豐富，在敍述自己的往事時，哽咽得說不出話來。這並不奇怪，他一向是易哭、易笑、易發脾氣。奇怪的是他給師弟們的忠告竟是：

「出來做事要跟人合得來、肯蝕底，不要輕易發脾氣！」

三十 消防員阿坤

穿着全套消防制服的他，我們差點沒把他認出來。

阿坤今年被選為班長，倒不是因為大家想作弄他，那大半班高舉的手是有誠意的，從他們臉上的表情便知道。

阿坤結結巴巴的推辭了一番。我説既然大家都選你，你就做罷。大概他覺得推辭也是一件困難的事，那就認了命吧。

他是班上年齡最大的一個，成績不好，看來他的領悟力比較低，記憶力也差。他最害怕的科目是英文和數學，每次測驗、考試都只有十來分。

他有明顯的自卑感，青春期的荷爾蒙作怪，使他很想結識女孩子。班上許多同學都有女朋友，放學之後一同打鬧笑玩、看電影、上遊戲機舖、吃東西，他卻是孤家寡人一個。他恨自己說話帶點口吃，又有少許鄉音，又沒有勇氣把自己打扮得夠「型」夠cool，自己看着也覺「老土」。他總是一副心事重重的樣子。

他不搞事，也不多事，見到同學做壞事卻也從不舉報。老師從來不會處罰他。他體格不差，手臂和胸膛的肌肉都很結實，也沒有誰敢打主意欺負他，班上可以做班長的人選實在不多，同學們不故意選一個「阿四」（受眾人差遣的僕人）出來，已經是對班長制度的最大尊重。

阿坤做班長算是稱職的。每天把點名簿和午膳訂單交回教務處；幫老師尋找已經批改好，但沒有帶上來的作業簿；有同學情緒失控時，請社工或其他老師來把他帶走。他都做得很好。後來，他在頒獎禮上獲得一個服務獎。

中三畢業前兩三個月，社工開始幫同學安排出路，帶他們參觀海關、消防員、警察、懲教人員的訓練學校，也參觀一些工業學校的開放日。

阿坤決定報考消防員，他知道自己體能沒有問題，擔心的是那個筆試。

我有一位鄰居是高級消防督察，消防訓練學校的教官，我問他筆試會考些什麼？他說既然已有初中畢業文憑，筆試也只是象徵式而已，叫投考者默一篇書、寫一篇作文之類，最重要的還是能通過體能測試。

我把這「貼士」告訴了阿坤，但他仍是憂形於色，說自己很多字都不會寫，只怕默書、作文兩關都過不了。

剛好我正在柏立基教育學院進修特殊教育，要交一份教學設計的功課。我打算製作一份教材，讓語文程度偏低的學生，在很短的時間內多掌握一些字彙。

阿坤正好做這份教材的施教對象。我們約定每天中午或放學後用半小時來進行練習。

這是一份跟語文課本完全不同的教材，剪輯自報章、雜誌、宣傳單張、一切有文字的印刷品，全是一些實用文字，跟生活關係密切，一讀出來他便明白。我選取其中最常用的，要他默寫。

我這份作業得到頗高的分數，阿坤也通過所有測試，被消防訓練學校取錄了。我不相信這次學習會對他的考試有很大的幫助，但至少能減低他在等候考試期間的心理壓力。

進入消防訓練學校之後，阿坤曾數次回校探望我們。他最感辛苦的不是艱苦的操練，而是要記住那些設備和易燃化學物品的英文名詞。

阿坤終於畢業了，有正式的請柬邀請嘉賓出席他的畢業典禮，他請了校長、社工和我一共三人。

到了那天，位於新界的消防訓練學校喜氣洋洋，銀樂隊不停演奏，彩旗飄揚，觀禮的除有關機構的長官之外，大多是學員的父母和家人，歡歡喜喜地各自聚在一起拍照。

穿着全套消防制服的阿坤，我們差點沒把他認出來，是他先發現我們，與我們合照。並且告訴我們在一會兒的救火表演中，他會攀雲梯入火場救火。

表演十分逼真，我們為學員矯健的身手和完美的合作鼓掌。阿坤既然有份表演，相信他平時的成績一定相當好的了。

渾身濕透、滿臉烏黑的阿坤經過我們身邊時，我們報以熱烈的掌聲。

「繼續努力！」我跟他握手。

「一定！」他的手十分有力，語氣是充滿信心的。

三十一 拍電視

我們會像平常一般上課，不是做戲。

今天香港電台電視部要到我的課室裏拍攝我上課的情形，這多少使我有點緊張。這是一個收視率很高的節目，名叫「鏗鏘集」，他們想報道一下這類特殊學校的理念和運作情況。

電台方面已經跟會方和校方談妥了拍攝細節，這幾天已經拍攝了學校的環境，訪問了辦學團體的總幹事、校長、社工、部分教師、一些舊生和新生，也拍攝了我們開個案研討會、舉行工藝競技比賽的情況。今天他們要到課室裏拍攝，挑選了兩節課；一節由我擔任，一節由新來才一年的孫老師擔任，兩節都是中文課。

早一天我已對這班中三同學說清楚，我們會像平常一般上課，不是做戲，因為一做戲便假，觀眾看得出來，便沒有意思。

我說當然希望大家都乖，不要丟我們學校的臉，尤其你們是學校最高的一班，大家對你們都有期望。

我又說如果有人上課時不守秩序，我會像平常一般處理，被人家拍攝下來，到播出時丟臉的是他自己。

我又希望他們把校服穿得整整齊齊，電視機前面有幾百萬觀眾呢！

今天集隊時我看到我班每一個同學都精神抖擻、校服整齊，有幾個還理了髮。我用目光向他們表示嘉許。他們也微笑地看我，臉上的表情是：「瞧，你該滿意了吧！」

我心裏已十分安穩，知道孩子們會很合作。

兩部攝影機安放在課室後面，導演、助導、攝影師、燈光師、收音師都擠在那裏。我們沒有「做戲」，但畢竟跟平日上課大有分別。他們很專注，沒有人講話，而且爭着舉手答問題。

其中一條問題我請舉手的「肥仔」回答，他卻僵住了，尷尬地抓抓頭說：「忘記了。」一引得全班笑起來。我看到電視台的人也忍不住笑。肥仔不懂得答而舉手，一則是捧我場，一則是想在鏡頭前有點表現吧？

事後他對我說：「剛才真『瘀』，能不能請導演把這個鏡頭剪掉？」

我說：「這是整節課最精彩的鏡頭，只怕他捨不得剪。」

他做了一個誇張的痛苦表情說：「我這次英名盡喪了！」

答得最好的是「高佬」，當我解釋了「風馬牛不相及」這句成語之後，他插嘴說：「即是『九唔搭八』。」我說：「是呀，很相近呀！」用現代俗語解釋古代成語，孩子們獨具天分。

下課鐘聲響了，導演跟我握手，並且向全班同學致謝，說他們也上了有趣的一課。

這天中午我們沒有在課室裏「捱」飯盒，我已經在鄰近的酒樓訂了一張桌子，讓大家高興一下。事前我並沒有告訴他們，不論這一課是成功還是失敗，我們都會一起輕鬆一下。

後記：片子播出的時候，大家看到孫老師上課的情形，跟我們剛好是一個鮮明的對比。那班頑皮的中一生，不把老師當一回事，也不把攝影機當一回事，在課室裏走來走去，甚至站到桌子上。老師要他們好好坐下，他們便「整蠱做怪」，走到鏡頭前扮鬼臉。

總幹事在看過片集之後說：孫老師雖然欠缺課室管理的經驗，他的冷靜和容忍給人留下深刻的印象，可以說是大將之材，證明他很適合做這類學校的教師。

我完全同意。

三十二「貓仔」

他兩手兩腳着地爬了出來，嘴裏不停喵喵地叫。

貓仔是中學一年級的新生，他一出現便使好幾個舊生顯得很興奮，圍着他「喵喵」地叫。他們曾經是小學同學，對於貓仔之所以被稱為貓仔最清楚不過。

貓仔對於這種形式的歡迎，還以一個貓兒發怒的姿態，尖叫一聲，彎曲手指像貓爪，倏地向他們抓去。

嚇過人之後，貓仔笑了，同學也笑了。大家開始學他這一招，以後雨天操場上貓的尖叫聲此起彼落。

第一次到貓仔的班上授課，我發現他桌上沒有課本，便說：

「鄭大友，你的中文書呢？」

「喵！」這是他的回答。

果然引起了幾個同學的笑聲，這正是他想達致的效果。

「把書包拿出來給我看。」我板着臉，上課不是開玩笑的時刻。

他乖乖的拿出了一個又舊又髒又小的書包，上面有幾個「咖啡貓」的貼紙。可是書包是癟的，拿在手裏輕飄飄。

「把它打開。」我冷冷地説。

他手指不靈活，書包上的扣解了好半天。裏面只有一本破爛的漫畫書。

「我先借一本給你，以後要自己買。」

他回答我的又是一聲「喵」。

當我在黑板上寫了一些新詞準備解釋時，回轉身不見了貓仔。

「鄭大友呢？」我皺起了眉頭。

同學們指指他的座位。我走近去見他藏在座位底下，看見我走近故意縮作一團。

「你幹什麼？快出來！」

年　月　日　星期（　）

他兩手兩腳着地爬了出來，嘴裏不停喵喵地叫。

我嚴厲地盯着他，一聲不響。他偷眼看我，終於爬回自己的座位，並且做了一個害怕的姿態，便坐定了。

這天小息的時候我擔任值班，見雨天操場的長櫈旁邊圍了一堆人。走前看看，見地上跪着一個人，兩手和膝蓋着地，正張着口，等坐在長櫈上的同學用白色膠叉把即食麵放進他嘴裏。像一隻等待餵食的動物的他正是貓仔。

學校每個月舉行一次學生個案研討會，因為是學期初，由社工簡略報告新生背景：

鄭大友，十三歲，兩歲時父親因癌病去世，一年後母親不知所蹤，大友由祖父母撫養長大。他很聰明，但手腳不靈活，讀高小時還不會照料自己，常扣錯鈕扣，也不會綁鞋帶，卻想出種種惡作劇作弄祖父母。兩老自覺無力教導，經社會福利機構介紹，入讀本校小學部。兩年寄宿生活，飽受同學欺負。曾逃離宿舍，在垃圾堆找尋食物充飢。尋回後開始扮貓，以貓叫代替言語，有時依偎求憐，有時揮「爪」抵抗，曾經多次抓傷同學……

社工認為大友自我形象偏低，把自己降格為貓，找尋另一種生存空間。建議為他添置較合身的校服和一兩套合時的便服，並且每月從他的福利金中撥出一些錢給他作零用。

很快便見貓仔穿上了新校服，雖然襯衫鈕扣時常扣錯，褲子有時忘了拉好拉鍊。社工又幫他買了全套課本，他上課的時候除了偶爾發出兩聲貓叫之外，倒是沒有再鑽到枱底去。

有一次，我叫他站起來讀一段課文。他聲音很低，但頗為順暢。我叫他大聲一點，他就故意直着喉嚨喊。我知道這是故意搗蛋，但沒有阻止他。他讀完一段，自動停下，我叫他繼續讀下一段。這一段很長，起初他還吃得消，但不久便岔了喉嚨，發出難聽的嘶啞聲音，引得同學們大笑。他終於苦着臉停了下來，我說：

「讀得不錯，請坐。」

這種把戲他以後沒有再玩。

中一課本上有一篇文章叫〈貓捕雀〉，是清朝薛福成的作品，講一隻貓怎樣捕殺一隻雀母，使一羣幼雀成為孤兒。教這課書時，我跟孩子們玩「案件重演」的遊戲，有人扮雀母，有人扮雛雀，那扮貓的當然非鄭大友莫屬。

捕雀之前，大友匍匐地上，兩眼盯着雀母，屁股兩邊搖動作勢，突然縱身竄出，把扮雀母的同學壓在身下，還張嘴露齒像是真的要咬下去。嚇得那同學大叫救命，引得大家把眼淚都笑了出來。

我稱讚他們演得很出色，每人派了一筒「聰明豆」，並允許他們一面上課一面吃。

一天中午時分，我正在教師休息室吃飯盒，卻見李社工帶大友進來。社工敲門後進了校長室，把大友留在門外。

「貓仔你衰乜嘢（貓仔你犯什麼事了）？」一位同事問。

「喵……」這是他的回答。他的臉色不好看，但硬裝做若無其事，可惜裝得一點也不像。

有幾個同學從教員室外面望進來，有人說：

「貓仔，你死梗啦（你死定了）！」

貓仔這次沒有作出貓兒發惡的兇猛姿態，只是面有憂色的向他們「藐藐」嘴。

「鄭大友，你過來。」我把他叫到身邊。

他快快地走過來。

「你知道校長叫你來有什麼事嗎？」

「衰煙仔（因香煙而犯事）。」

「你不是不抽煙的嗎？」

「我買給他們抽。」

「你咁闊佬（你這麼闊氣）？」

「他們一定要我買。」語氣中帶有不甘。

我知道他對錢很緊張，絕不會自動請人家抽煙。大概是同學知道他每個星期有一筆零用錢，硬要他請客。

「你老老實實的告訴校長嘛。」

他搖頭。

「你怕什麼？」

其實我知道在他們之間有許多「酷刑」，包括肉體受苦和精神虐待。

這時李社工從校長室出來叫鄭大友進去。大友進去之後社工把校長室的門關上便離開了。

十分鐘後校長室的電話鈴響起，接着校長走出來叫書記派人到教署去取一批教材。

校長吩咐完畢轉身進去，我們忽然聽到他高呼：

「傻仔，你做什麼！」

我們衝進去的時候，見貓仔右手拿着一把㓟刀望着我們傻笑，左手手腕上一道口子，血正涔涔流下。

「把刀放下！」校長命令說。

他聽話把㓟刀放進桌上的筆筒，這把刀本來就是插在那裏的。

一位同事已把急救箱拿進來，替他包紮止血。

貓仔因為這件事要看精神科醫生。他住進了一間公立醫院的精神科病房，接着好幾個月沒有回校上課。

聽校工桂嬸說，復活節假期中他曾經回來一次。

桂嬸問他何時回來上課，他說不知道。問他是不是在家裏住，他說：「家裏有什麼好住！」說的時候生氣地踢桂嬸洗地的水桶，髒水都瀉了出來，被桂嬸罵了幾句，才不高興地走了。

第二天仍是假期，校長回來清理文件，聽桂嬸說起貓仔的事，怕他是從醫院偷走出來，便打電話去問。

護士長說這幾天是假期，一些病人可以放假回家探望親人。鄭大友本來放假三天，誰知第一天下午便回院了，問他為什麼這麼早回來，他卻什麼也不肯說。

校長又打電話給他的祖父，老人家大吐苦水，說他一回家就要錢玩電子遊戲機。給了他五十塊錢，半點鐘之後回來說用光了，還要再拿。老人家怕是別人欺負他，拿了他的錢，不給他錢也不許他再出去。他就大吵大鬧，亂踢家具。祖父氣不過，打了他一巴掌，他就跑了。

大概他無處可去，才回學校看看，學校沒人，身上又沒幾個錢，只得回到醫院去了。

學生很多，來來去去，後來我竟不曾再聽見他的消息。但我時常記得一個跟他比較相熟的同學的話：

「貓仔只在學校扮貓，他在外面正常得很。」

喵

三十三 契仔

他要認這許多人做乾爹，可能跟他的生父早逝有關。

年 月 日 星期（ ）

強仔沒有爸爸，卻有好幾個乾爹，我是其中之一。

不知哪一天開始，他叫我「契老竇」(乾爹)，我沒有拒絕，他便自認是我的契仔了。他要認這許多人做乾爹，可能跟他的生父早逝有關。他到處有「父親」，包括他小學裏的一位老師，寄宿時的一位社工，中學時的我，都可能給他一份安全感。

其實他是有家庭的，家裏也有「老竇」和阿媽，但跟他不同姓，屬於乾爹或養父性質。

強仔有一個悲慘的童年，父親病死後，母親又因癌症去世，留下年幼的兄弟二人。

兄弟兩人的不幸故事，被一家報章刊登在社會服務版上。這份已變得陳舊發黃的剪報，一直由他保存着。他拿給我看；只有幾歲大的兩兄弟，面有憂色地坐在馬路邊，編輯先生希望四方仁人君子給與援手。

後來出現的君子便是今天跟他不同姓的「老竇」。本來非親非故，假如說他們還有點關係，便是這位君子曾經跟這兩個孤兒的父親是同事。

在經濟方面倒是有社會福利署的資助，但要教養兩個孩子成人，要花的何只是錢，更重要的是無限的心血。

君子的仁愛心腸卻使他付出沉重的代價，兩個麻煩的孩子使他的妻子下堂求去。一個獨身男人又要開工又要照料兩個孩子，那幾年的辛苦使他早生了白髮。

強仔喜歡成熟的男性多於女性，所以他從來沒有去認什麼契媽。

他記憶中的親生母親是泰國人。他不說，我們不會留意到他眉宇間的確有泰國人的某些特點。他對母親的記憶已十分淡薄，除了她病中瘦骨支離的樣子之外，便是有一次天寒地凍，母親不知發什麼脾氣，開了自來水龍頭射在他們身上，說是洗澡。凍得他們渾身發抖，上下牙齒不斷碰撞。

君子又再結婚，愛他的女人知道他家裏有兩個收養的孩子，也願意負起做母親的責任。

君子轉行做了長途貨車司機，經常來往香港大陸之間，家裏有了女人，他放心得多。

可惜就在他離婚期間，強仔認識了一羣街童，整日在街上嬉戲，到超級市場偷東西。

這方面強仔似乎有點天分，偷了十來次之後才第一次失手，然後是倒楣的第二、第三次。法官可憐他背景淒涼，判他進特殊學校讀書，並且寄宿，接受較嚴格的管束。

強仔在特殊學校表現良好，年年領取操行獎，可是學業成績很差，留班一年也無大改進。小學畢業後無處可去，只能升讀本校中學部，也因此使我有機會做了他的契老竇。

我很早回校，但強仔比我更早；他已經在校門附近等着，看我手上有什麼東西需要幫着拿的。

我身上的一切他都看得很清楚：新理了髮，皮鞋擦過了，他都知道。他會裝作問我一些功課上的問題，跟我到辦公桌旁。辦公桌右手邊有一個不上鎖的小抽屜，放一些零碎的東西。他一面跟我說話一面幫我整理抽屜；把幾枝筆用橡皮圈紮在一起，曲別針、圖釘用小盒子裝好，整理過之後，果然清爽得多。

他早已弄清楚，哪一天哪個時間我在哪個崗位當值，那時他便會在我身邊出現。見我閒着，他便會跟我閒聊，若我要處理學生的問題他便知趣地走開。

有時頑皮的學生惹得我很生氣，事後他會走近來望着我說：

「契老竇很氣呢？樣子都變了！」

說着裝出我生氣的樣子，惹我發笑。

如此接近老師，本該是一種犯忌行為；同學會當他是擦鞋仔（拍馬屁者）、鬼頭仔（舉報同學不當行為）。可是他不曾擁有這些綽號，因為他從來不曾做過鬼頭仔，我也不鼓勵他這樣做。我給同學們的印象還不差，可能他們認為擦擦我的鞋也無傷大雅吧。

一年一度的家長日，我見到了強仔的養父母。他的養父如我想像般豪爽慷慨，養母卻世故圓滑，很會說話。就在那次我看出養母已經懷孕。

我叫強仔幫忙多做點家務，因為媽媽懷孕不可太操勞。他說他當然「識做」，拖地、洗廁所都由他包辦。反而是他的弟弟身體不好，做過大手術，除了讀書什麼也不做。

有一天他告訴我：阿媽生了一個弟弟，又問我吃不吃豬腳薑。過幾天又說阿媽出院了，阿爸不開工在家陪她。我問他弟弟可愛嗎？他說很難看，而且整晚哭。後來他說小弟愈來愈「得意」了，還帶了幾張照片給我看。

我問他阿媽添了小弟，會不會不「惜」他？他笑着說：「大個仔使乜人惜！」（「大啦，不用人家疼啦！」）

一次聖誕假期回來，強仔似乎惹了點麻煩。

一位鄰居發現不見了幾百塊錢，期間只有強仔去過他們家玩遊戲機。鄰居把事情告訴強仔的養母，養母問強仔有沒有拿過人家的錢，他矢口說沒有。可是養母認為他有偷東西的紀錄，因此是他幹的機會很大。

養母覺得他們對強仔兩兄弟已經仁至義盡，如今強仔又不知自愛，使他們面目無光，將來還會教壞小弟弟。大概她曾經在丈夫面前說過許許多多的話，她丈夫煩不過放下一句：「你愛怎麼做就怎麼做吧！」又開車去大陸了。

養母來找學校的社工，提出想停止收養這兩兄弟的打算。停止收養的結果將會是送他們去某個收容孤兒或問題少年的機構，當然要經過一番手續。

我找強仔談話：

「你究竟有沒有拿人家的錢？」

「當然沒有啦！」他眼睛瞧着地下，我也難分真假。

「阿媽想做什麼你是知道的了？」

「知道，阿媽講過，社工也講過。」

「你怎麼想？」

「當然不好啦，不過『煮到來就食』囉！」說時眼圈兒紅了。

社工為這個問題跟校長、訓導、輔導、班主任討論，結論是強仔表現進步，從不遲到、逃學，服務精神良好，上課也肯聽書，家庭生活對他很重要，希望不要挫敗他改過的心。大家希望社工對強仔的母親做點說服工作，繼續收養他們兄弟。

社工把老師們的意見對強仔的養母說了，還告訴她其實強仔對這個家很有感情，對家務工作也能幫忙，如今偷錢的事並未證實，給他這麼大的懲罰並不公道。

養母勉強接受了社工的意見，但聲言如果再有同樣的事發生，她一定不會再給他機會。

第二天我看見強仔臉上有掩不住的喜悅，剛巧我小息時在操場當值，他陪我走到圍欄邊。那裏視野開闊，可以望見維多利亞港的一角，也可以望見鱗次櫛比的大廈。

「我有一個單位在這些大廈之中。」他忽然說。

「什麼意思？」

「我親老竇是公屋居民，我有繼承權，到我成年的時候，政府便會分配一個單位給我和細佬。」

「你好想搬出來住？」

「我想我遲早會被人趕。」

「你乖一點人家怎會趕你呢？而且我們會幫你求情。」

他忽然捧起我的手臂放到嘴邊說：「我咬一口好不好？」

我說：「好，但不要太用力。」

他真的咬了。我記起小時候跟貓兒玩，牠們也曾這樣咬我，使我微痛，但不會使我受傷。

咬完之後，他掀起我的衣袖，手臂上果然清楚的留下了齒印，他嘻嘻的笑着。

第二天他又找到機會拉開我的衣袖看那齒印還在不在。齒印居然還在，而且轉了烏青的顏色，他又嘻嘻的笑。

強仔順利的讀到中三畢業，跟另外兩個同學升讀一間私立中學的中四班。有時他們早放學，便穿着校服、帶着書包回來看我們。每次都聽見他說：「好悶啦！」

後來聽他說假期跟一個師傅去學做裝修，鬆漆、泥牆樣樣來。

「做得來嗎？」我問。

「容易啦！」

「人工好不好？」

「當然好啦！」

再後來聽他說退學了，準備全職去做裝修，還請我為他設計一張名片，準備接生意。

他又約我去大牌檔打邊爐，還叫了一個同學和兩個女孩子作伴。兩個女孩子都不錯，強仔介紹她們說兩個都是他契妹，當然還是不停口的叫我契老竇，如果要認親戚，她們該自動成為我的契女了。

大牌檔的火鍋材料勝在夠大碟、夠新鮮，強仔還叫了兩枝啤酒，說是三個男人喝的；另外叫了汽水給他兩個契妹。

強仔邊喝邊吃，說了許多裝修的趣事。包括自作聰明其實很蠢的主顧，做錯了工程如何補救的驚險。他還說有時接到生意轉判給人，就靠打一個電話，什麼也不用做已經賺一千幾百。我對他說：

「別嫌我老土，做生意還是老實點好，做壞了名譽便無法立足。」

他舉杯跟我相碰說：「知道。」

這一頓是他請客，我請他吃東西還少嗎，該是他回請的時候了。

三十四「煎堆仔」

他放學後到附近的麗宮戲院門前賣小食，他的「綽號」便是這樣來的。

張國祥回校上課的時候，上午的課差不多完了。

他敲敲書記劉姑娘的窗子，照例說一聲：「遲到。」

「什麼名字？」劉姑娘當然知道他的名字，但作為一種不滿的表示，偏偏要他報上名來。

「張國祥。」

「哪一班？」

「二乙。」

「快下課了，就在外面站着。」

是劉姑娘分派飯盒的時刻了，要根據每班出席人數，把飯盒放進一個個的膠籃裏，再加紙餐巾和膠匙。每日的飯盒有三種選擇，不外是排骨飯、雞腿飯、乾炒牛河之類，也是每天第一節小息之前由班長統計了把數字交給劉姑娘的。這工作頗花時間，尤其是包伙食的送飯遲了，劉姑娘便要趕着分派，連電話也沒時間聽。

有時這一節沒有課的教師會幫忙分派，但當他們都忙着時，劉姑娘只得獨撐大局。

「劉姑娘，要不要我幫手？」

窗外的張國祥總會問。

「遲到大王，用不着你！」劉姑娘故意說。

往往這時電話鈴響了，劉姑娘顧得聽，顧不了分派飯盒。

「我進來幫忙啦！」張國祥不待劉姑娘答應，已經走了進來。只要她不再趕他走，便等於默許了。

派飯盒的事張國祥工多藝熟，速度並不輸於劉姑娘。有時劉姑娘聽完電話，飯盒已經由張國祥分派妥當。

「劉姑娘，今天我吃什麼？」

「你吃西北風，誰叫你遲到？」劉姑娘板着臉說。

的確，遲到得太厲害便沒有飯吃，但可以到小食部去買杯麵。杯麵看上去滿滿的一碗，其實水多麪少，吃了很快便餓。

不過包伙食的每天會免費加送三盒，在開飯之前劉姑娘會拿一盒給張國祥說：

「今天算你好彩，明天再遲到你可要自己帶煎堆仔回來吃了！」

「噢，劉姑娘也拿人綽號取笑！」張國祥故意抗議，他的綽號正是「煎堆仔」。

張國祥雖然差不多每天遲到，他的中文成績仍是班上最好的一個。尤其是作文，不但句子通順，敍事清楚，還能夠寫出一些感受。

他是全校少數戴眼鏡的學生之一。在香港的許多學校裏，戴眼鏡的學生多過不戴眼鏡的，但我們七十多個學生中，「四眼」的只得六、七個。

他又是少數肯借書看的學生，學校圖書館人丁最興旺的時間在夏季，因為裏面裝了兩部冷氣機。那些怕熱的學生進來避暑和睡午覺。張國祥不但在圖書館看書，還借書回家看。他的眼鏡架鬆了，鏡框下滑到鼻尖上，他要不停的往上托。他看書的時候很專注，像一個很斯文很用功的學生。

由於遲到，放學後他會受到留堂處分。跟其他被罰的同學一齊站立在雨天操場上，從半小時到一小時。他遲到得厲害，因此總是最遲放的一批。

有時他會問看守的老師可不可以拿書出來看。有的老師說可以，他便站在那裏看書，很安然自得，不像別的被罰同學那麼煩躁。有的老師卻說不可以，因為讓他們站着覺得無聊難耐，才起到懲罰的作用。

張國祥的遲到已經成為死結，學校多次向他的家長發出警告信，但全無效果。社工也不止一次上門跟他父母傾談，談完之後的幾天情況稍有改善，很快又故態復萌。

一個月一次的個案研討會決定討論張國祥的遲到問題。除了由社工寫一份報告之外，另外由我從教師的角度也寫一份報告。為了這份報告，我到過張國祥在九龍城寨的家。

九龍城寨環境湫隘，一條條窄巷，兩邊溝渠流着污水，牆上架着亂七八糟的電線。

張國祥的家有一半做了食物工場，麪粉、米粉、油、糖，還有一隻油膩的大鍋子架在石油氣爐上。

我參觀了一個沒有牀的小房間，他的兩個弟弟便睡在這間房的地上。

我問國祥睡在哪裏，他指一指進門處的地下。他的鋪蓋要晚上才搬出來。說晚上其實是早上的三、四點鐘，他放學後到附近的麗宮戲院門前賣小食，小食包括糯米糍、燒賣、肉包和煎堆仔，他的「綽號」便是這樣來的。

麗宮戲院是二輪戲院，票價較便宜，午夜場也有一定的觀眾，供下夜班的普羅大眾消遣娛樂。國祥跟後父一同開檔，母親在酒樓洗碗碟，兩個弟弟在不遠處讀書，自行上學、回家。後父好喝兩杯，跟朋友去喝酒時，檔口便由國祥一人負責。尤其是午夜場散場時分，多數不見他後父的影子。國祥做完生意把木頭車推回家，已經是深夜兩點來鐘。他後父和母親正忙着製作第二天售賣的點心，燈光開着，切肉搓麪都發出不少聲音。國祥反正睡不着，便幫忙做點心。因此他把鋪蓋搬出來睡覺時已經快天亮了，叫他怎麼可能準時上學？這便是他經常遲到的原因。

我在個案研討會上介紹了我所知道的國祥的情況，認為國祥的家長過分利用一個不到十四歲的兒童的勞動力，剝奪了他的睡眠和學習機會，已經有虐待的成分，需要向他的家長提出嚴重警告，改善情況。

我任教的這間學校由兩個政府機構合作運作：一個是教育署，一個是社會福利署。教師由教育署聘請，他們的主管是校長；社工由社會福利署聘請，他們的主管是院長。我的報告在同事中引來震撼，每天被大家處罰的遲到大王原來是一個被虐待的兒童，那麼我們是不是也在同樣虐待他？對一個無法擺脱生活枷鎖的孩子，我們卻在為他的苦難百上加斤。

奇怪的是我的報告竟引起院長先生的不滿，他說教師的工作是教書，瞭解學生的家庭情況應該是社工的責任，意思是我「踩過界」，做了不該由我做的工作。

我帶點激動地對大家說：

「張國祥的問題存在已久，事實説明他是一個受虐待的孩子，我最關心的是如何改善他的處境，而不是誰該做什麼誰不該做什麼？作為一個老師，我認為我所做的絕非多餘。」

主持會議的校長沒有讓爭論繼續下去，轉而討論具體幫助張國祥的做法。

不過自從這一次之後，由教師撰寫的報告，出現了一個大致統一的模式，局限於介紹學生的成績和課堂表現，大概是不想做教師的再犯我的「錯誤」；又引起人家的不快。

幫助張國祥的方案還未落實，便聽說他偷單車被捕要送進男童院的消息。

午飯之前再聽不到他敲窗報到的聲音，放學罰站的行列中也不見了他，圖書館少了一個真正的讀者。

直到第二年的聖誕燒烤晚會，在回來探望老師的舊生中也有他。人長高了，眼鏡還擱在鼻尖上。我問他在哪裏讀書？他說停學了，如今在一家佛堂幫着打掃，收拾地方。佛堂的主持教他讀經，他漸漸讀出興趣來。

我說：「你不做煎堆仔要做和尚仔了？」

他笑着說：「這間佛堂的齋菜不錯，我偷師之後將來說不定開一間素食館。」

年　月　日　星期（　）

三十五　喝杯咖啡

「魚蛋妹」的志願是做「姑爺仔」……

放學前，華仔和阿輝兩個舊生同時來找我：

「有空嗎？去喝杯咖啡。」華仔說。

「有什麼事嗎？」我問。

「沒有事，我們兩個今天都放假，想聊聊天。」

我說：「好，我們好久沒聊過了。」

他們帶我走進一間咖啡室，環境倒頗清靜。

「我們一個月總會見一兩次，大家談得來。」阿輝說。

「啤啤會行會走啦？」我問華仔。

「好百厭（頑皮）！」

「老婆仔有沒有上班？」

「有！啤啤有老媽看着，她寧願上班。」

我見過華仔的老婆，很秀氣的一個女孩。華仔超齡讀中三的時候，跟他同齡的女友在英文中學讀中五。

對此華仔並沒有自卑，反而說她幼稚、不懂事，不過他相信將來她會在事業上幫到他，因為她懂英文。

華仔的眼神有一股兇悍之氣，他有用𠝹刀傷人的紀錄，也曾經用壘球棍跟人相打，但他談及女友時，眼神便變得溫柔。

華仔畢業不久便結婚，結婚時女友已經懷孕。

他曾經做過運輸生意，分期付款買了一部小貨車送貨，太太在家幫他聽電話、接生意。後來他跟人發生爭執，小貨車的車頭玻璃被打碎，車胎也被戳穿了，使他很灰心。

幸好不久他考了牌在貨櫃碼頭任起重機車司機，上班時坐在半空的駕駛室裏，獨自一人，與世無爭，倒也逍遙。放工回家，有家人共享天倫之樂，他自覺十分滿足。

我問他媽媽跟老婆可合得來？他說女人之間多少總有點問題，不過老婆要上班，在家的時間也不多。他們每個月除家用外，還有一筆錢給阿媽「買嘢食」。接着華仔放低聲音說：「我另外塞八百塊錢給她，老婆不知道。」

我說：「你真有心思！」

他說：「人大了，總會學到一些做人經驗。」

我轉問阿輝：

「你呢？有沒有打算結婚？」

「女人很煩，未有打算！」他臉上有曖昧的微笑，似乎說女人是有的，不過他不想結婚。

我想起他讀書時的綽號叫「魚蛋妹」，這可不是一個好名字，但綽號這東西不由得你喜歡不喜歡，當人人如此叫時，不認還得認。

輝仔罵人很毒、打人很勁，但他輪廓清秀，眼睛大大，睫毛長長，講話時扭頭揑頸，頗有點女性化。加上他喜歡塗潤唇膏，塗的時候還要對着小鏡子，又塗了透明指甲油，同學惡作劇地叫他「魚蛋妹」倒不是沒有原因。

可是「魚蛋妹」的志願是做「姑爺仔」（靠女人養的小白臉），這是他一板正經親口對我說的。他認為一個男人，若能令那些「女」心甘情願地聽你差遣擺佈，也是一種本領。

一個初中學生有這樣的「志願」曾經使我大為震驚，似乎他的腦海裏已長滿毒菌。我一時不知如何回應，便嚇唬他說：

「你不把女性當作平等的、可以相愛的對象，只是想利用她們，你這一生休想享受到真正愛情的甜美滋味。」

豈料他立刻緊張地問：

「真正的愛情滋味是怎樣的？」

我盡我的力量形容了一番，大意是好甜啦、好幸福啦，但最重要的是你知道有一個人，她願意為你奉獻她的一切，而你也願意為她奉獻你的一切，並且感到無比的快樂。

他似乎是第一次聽到這種說法，在他未作出回應時，上課的鐘聲響了。後來我們沒有再談過這個問題。

年　月　日　星期（　）

我還記得關於他的一件事，是發生在油蔴地小輪上。我們正往長洲宿營，同學登船後可以自由選擇座位。我見阿輝坐到一個單身女孩的旁邊。我們是男校，這女孩是他不認識的其他乘客。

十分鐘後我見他跟這女孩「有講有笑」，而且在交換電話號碼了。我不能不佩服阿輝的「本領」，卻又替那女孩擔心。

使我欣慰的是阿輝畢業後一直讀到中五，參加會考。他沒有做「姑爺仔」，卻在不同的快餐行業掙扎：漢堡包、牛肉麵、多魚麵……已經身居中層管理人員的位置。

「好忙，好辛苦，連拍拖也沒有興趣。」他感慨地說。

我留意到他指甲剪得短短的，一身乾乾淨淨，講話也沒有了女兒態。

我倒是盼望他在事業有成之後，能享受到我跟他描寫過的真正愛情的滋味。

三十六 沒有不能教的孩子

「你在這樣的學校教書，會不會是一種浪費？」

今天到我曾經服務過的一間中學去演講，千多個校服整齊的同學靜坐在禮堂裏，鴉雀無聲；領袖生應對得體，彬彬有禮；演講過程中，反應良好，可以知道同學們的領悟力很高。

演講完畢，到校長室用茶。校長在禮貌地恭維我一番之後，談到了我現在的工作，她說：

「你在這樣的學校教書，會不會是一種浪費？」

我知道她口中的「這樣」是什麼意思，而所謂「浪費」，是恐怕我無法把我的學識傳授給「這樣」的學生，只是白白花掉我的時間心血。

年　月　日　星期（　）

年　月　日　星期（　）

為了禮貌，我沒有直接回答她的問題，而我心中卻在說：

「校長先生，你錯了！」

校長的話出自好意，而且有抬舉我的意思：

「以你這樣的好教師，不該教這種不堪的學生。」

那麼是不是質素欠佳的學生，就該用質素差的教師來教呢？果真如此的話，特殊學校出再高的薪金也別想請到教師了，誰肯為幾個錢出賣自己的尊嚴？

愈是質素欠佳、困難多的學生，愈需要良好的教師，就像嚴重的病症一定要請名醫診治一般。

教育工作是否浪費，當然要看成效。我的這班學生，永遠不會出現十科A的狀元，九科A的探花。人家的學校，隨隨便便一年也有十來個進入大學，我們的學生初中畢業後進入普通中學，能跟得上程度的也為數不多。那麼我們的成效是什麼？

我們把沒有學校肯要的、被評為「無可救藥」的一羣收下來，居然能完成學業。

我們把好勇鬥狠、蔑視一切權威的學生收下來，居然能夠建立友誼，互尊互愛。在畢業之後，仍然時常回來探望老師，並且不忘帶兩盒西餅做手信。

我們把從不顧人、只知顧己的自私自利的一羣收下來。居然能夠拾遺不昧，把現款和首飾全部送往警署。又肯前往弱智人士運動會做服務，既細心，又耐心。

我們把經常離家出走、經常逃學的學生收下來，居然可以使他們喜歡上學，有的一早便返校，有的放學後仍捨不得走，有的在長假期也要回來看看玩玩。

當我們看到孩子們改掉不少壞習慣，開始對學習感興趣，漸漸懂得自律自制，能夠與別人和諧相處，有了自信和自尊，走向自治和自立時，我們的心中便充滿喜悅。這種喜悅比看到學生考得九科、十科A還要大，因為其過程更為艱苦曲折。

做我們這類學校的教師，不但要有無比的耐心，還要有受氣的量度。不想讀書的孩子會給氣你受，閒得無聊的孩子會給氣你受，心情不好的孩子會給氣你受，不相干的路人也會給氣你受。

我們經常要帶學生出外活動，孩子們的行為常常招惹公眾的憎厭。他們一個個健康正常，跟普通學校的學生沒有外貌上的分別，我們總不能對巴士或地鐵上的乘客高聲宣佈：「他們是特殊學校的學生，請大家多多包涵。」雖然每次出發之前，我們都三令五申，要他們注意紀律，在公眾場所要有良好表現。他們如果這麼聽話，便不會是我們的學生。結果他們騷擾了公眾，我們教師則飽受冷眼。那射過來的目光傳遞着蔑視：「這班教師是怎麼教的！」

也有朋友在知道我們的工作性質之後，滿口的誇獎，說我們有愛心，很偉大。但終於又忍不住會問：

「這些孩子真的能教好嗎？」

在他們的心裏有個懷疑，便是教這樣的學生恐怕是白費氣力，徒然浪費了納稅人的金錢。他們的懷疑，與請我去演講的那位校長的懷疑並無二致。

我在這間學校工作不覺已是八個年頭，我願誠懇地對這些抱懷疑態度的朋友說：

「沒有不能教的孩子！」當然我們也有不少「失敗」的個案，他們有的逃學，從此不再回來；有的觸犯了法紀，被關進男童院。但是他們想起在這裏讀書的一段日子，總會有一個美麗的回憶。這是一些離開了我們的孩子，若干日子後回來探望老師時，告訴我們的共同感受。

我們相信，我們在他們心中已播下許多善的種子，在這裏受教育的時日愈長，所播的種子愈多，而且有機會發芽生長。那提早離開我們的，在他們心中仍有不死的種子，說不定在什麼時候也會長出苗來。

因此，我們從不懷疑我們白費氣力，我們相信所有的努力都不會是浪費。

因此，每一天都是有意義的，在「這樣」的學校工作，我們的生命絕無虛擲。

年　月　日　星期（　）

附錄：為師七戒

在集中「邊緣少年」施教的學校裏做教師，說難不難，說容易也不容易。要有愛心，要有修養，要有課室管理技巧，這都跟一般學校的教師無大分別。卻有「七戒」，是這類學校的教師特別需要具備的。

一　戒仇恨

學生可能用粗言穢語罵教師，可能跟教師作對，可能當教師不存在，可能故意用尖刻的話傷害教師的自尊。

別看他們年紀小小，他們還真能看透教師的心態，知道他們自尊心強，一受到傷害便會十分難過。

他們可以在放肆之後對教師藐視地說：

「去呀！去告訴校長呀！你最拿手便是這一招嘛！」

他們在課室裏搞得教師忍無可忍，教師要把他隔離，到下面罰站。可是他們不瞅不睬，大模厮樣地坐在那裏。教師只得請同事協助。別的老師一到，他們便乖乖地跟着走。不過臨走還要拋下一句：「我這是給面子某老師！」

話說得很明顯：就是不給你面子！

在最惡劣的情況下，教師還可能捱學生一記耳光，或是被學生踢一腳。

不過既然你選擇了做這類學生的教師，你便不能記仇。

對於他們種種惡劣的行為，你可以生氣，你可以給予適當的處分，自己無法執行時由校長執行，你卻不該記仇。因為仇恨在你心中，你便會失去愛心，再無法教導他們。學生的行為其實是一種病態，而你是醫生，醫生怎能仇視病人呢？

二　戒失控

做「邊緣少年」的老師，有很多發脾氣的機會。

你講書時，他把雙腳架在桌上。

上美勞課時，有人把做得很好的作品交出來，你歡喜地稱讚，並且拿給大家看。可是幾分鐘之後，有人故意把這件作品毀壞了。

帶學生出外參加校際足球比賽，齊集時發覺有人缺席，人數僅夠。這時有人說口渴，要去買罐汽水，叫大家先行，他隨後便來。誰知這一去便如黃鶴，比賽因人數不足當自動棄權。解散後老師經過一間遊戲機中心，卻見他施施然出來。

教師也是人，會生氣、會發脾氣，都很正常。有時即使你並不真的憤怒，也要做一場大發雷霆的戲。學生才知道後果的嚴重。可是真怒也好，假怒也好，教師一定要能控制自己的脾氣，適可而止。

譬如你不能恐嚇說：「有你冇我，我一定要把你開除！」事實上校方不會就此開除一個學生。

譬如你不能胡亂施行體罰，變成一種非教育性的洩憤。

更糟的是真的跟學生打起架來。教師受了傷，會成為笑柄；學生受了傷，你要向他的父母交代，也是很尷尬的事。

能控制自己的情緒，才能進而控制學生的情緒。

每個人的情緒有一個爆炸點，到達此點便難控制。教師從經驗、從學生的表情可以知道他們接近爆炸時，便要懂得降溫。寧願暫時把局面緩和下來，然後慢慢處理，發覺自己快將爆炸時，不妨求助於同事，因為此時他們比較冷靜。

三　戒急躁

要改變學生的壞習慣，絕對急不來。

一因為壞習慣的養成，可能經歷過十年、八年，根深蒂固，怎會因為你的一番教導，他便能夠立刻大徹大悟，改過從善？

二因為他們的壞習慣與家庭環境和同儕生活十分協調——譬如大家都吸煙、講粗話，叫他們不吸煙、不講粗話，反而跟環境格格不入。

三因為他們根本不覺得那些習慣是壞，只不過是成年人的雙重標準在作怪。大人可以做的事，為什麼不許青少年做？他們覺得虛偽，覺得不公平。

四因為他們覺得要改很困難、很辛苦。為博老師的讚美而捱這樣的苦，他們覺得不值。

做老師的對這四點的影響如果估計不足，卻高估了校規的權威和自己的感化力量，便會對學生有過高、過急的要求，期待他們立即變成一個好學生，結果當然只有失望。

失望會引誘教師採取高壓的手段，不聽話便重罰，師生關係惡化，甚至會逼使學生逃學。

失望會使教師對某幾個學生採取放棄的態度，於是問題再不會解決，又添失敗的案例。

要改變一個學生，就像治病一般，有一個痊癒的過程。有的病可以快好，有的病需時較久，有的病霍然而癒，永不再發，有的病卻常有反覆，時好時壞。

譬如一個經常逃學的孩子，如果從每星期逃學三天變成只逃學一天，便是進步；一個吸煙的孩子從每天吸一包減為半包，也是好事；一個測驗、考試次次零蛋的孩子能夠有三十分、四十分便足欣喜。看到學生的進步，對學生和教師都是一種鼓勵。若老師估計到學生的情況必有反覆，便不會因失望而大感挫傷。

四 戒畏懼

長得比老師高大、壯實的學生比比皆是，他們當中許多都是運動健將，健碩的肌肉，一有機會便炫耀一番。如果要角力、打架，許多老師都不是學生的對手。

他們打起架來是相當狠的，一些暴力電影成為他們的教科書。同學之間的打架，往往眼青鼻腫。

他們在發脾氣的時候很少顧及後果，一方面因為年紀輕，不懂得控制情緒，另方面也因為部分已有案底，不在乎「衰」多一次。

他們有時頗為團結，和其中一人為敵，其他的可能擁上來助威。

他們有一部分的社會關係也頗複雜，與包括黑社會在內的一些朋黨交往。當他們惡狠狠地對教師說：「你因住！」（「我勸你小心點為妙！」）你心裏會不會發毛？

除了比較尖銳的衝突之外，他們上課時的搗蛋也可以令教師很尷尬、很難堪、很氣惱，束手無策。

性格不夠堅強，課室管理技術未到家，對自己信心不足的教師，會產生學校恐懼症。每天一到學校門前便緊張不安。這種老師絕對無法長久教下去。

教師如果對學生心存畏懼，不敢對一些「惡爺」採取行動，很快就會被學生抓住這弱點，得寸進尺，非常放肆。以後上課的秩序更為不堪。

教師對最具危險性的學生也不能心存畏懼，要堅守自己的原則，賞罰分明。自己能力不及，可以取得同事、上級、校方的協助，而不是你向學生妥協。只要你工作負責，處事公正，真的愛護學生，建立了威信，學生自然愛你、敬你，同時也有點怕你，而不是你害怕他們。

五 戒嚴苛

在我們學校就讀的學生，違反紀律的頻率特別高。違反了紀律當然要處分。可是掌握處罰的分寸卻是一種藝術。

處罰不能傷害學生的身體，這是一個很重要的原則。

處罰不能傷害學生的自尊，留點面子給他們，他們會很感激。

處罰是讓他們知道做錯事要付出代價，或要被剝奪權利，或要賠償金錢，或要接受適當的體罰，而不是為了讓教師洩憤。

處罰要學生承受得起，如果他覺得自己承受不起，便會反抗或逃避。

處罰要有人情味，寧輕勿重。在他真正表示悔過時，作適當的寬赦。

處罰要看學生犯過失的原因，有時是積習難返，有時是被迫如此，有時是出於誤會，有時只是一時衝動，教師都要給與若干程度的同情，或警告了事，或從輕發落。

處罰要看效果，估計無效或有反效果便不如不罰。有時不罰的效果比罰更佳，總要靈活處理。

嚴苛的教師學生會害怕，但沒有敬意和愛意，也不願與之親近。因此師生關係十分疏離、僵硬。教師只能使學生乖乖地上課，卻無法建立友誼。因此遲早會碰上一次硬碰硬的大衝突。

學生不會對嚴苛的教師說心裏話，因此教師對學生的影響十分有限。

對於自制力弱、紀律性低的學生，教師對他們的要求較嚴是需要的。但嚴要與寬相結合；一顆仁愛的心永遠要躲在嚴的後面，使嚴只不過是仁愛的另一種手段。

六　戒姑息

對學生的姑息或出於一種互相心照的妥協，我隻眼開、隻眼閉，你們也不要過分。所謂大家識做，和平共處。

可是年少無知的學生，永遠不能自律，姑息必然引起他們的放肆。平日放鬆了管教的教師，要收緊時便難。

這其實是一種合作的欺騙。設立此類學校的目的，除了讓學齡兒童完成他們的九年強迫教育之外，還要改善他們的行為，使能適應畢業後的環境。姑息的結果是讓學生捱過這段日子，行為卻並無改善。

對學生的姑息或由於教師本身的性格。他們也許生性寬厚，也許比較隨和，對學生的要求甚低。學生只要不太過分他們便覺得滿意，不致力於求取進步和做得更好。於是學生的行為往往因循下去，得不到改進。

這樣的老師或許會受學生的歡迎，可是他們上課時秩序混亂喧嘩，甚至公然抽煙、賭錢。

對學生的姑息或由於部分學生對教師的討好，他們幫教師搥背，向教師打小報告，教師覺得這班「馬仔」好用，對他們的不良行為便不忍深責，結果漸漸變成縱容。使別的同學大不服氣，造成許多問題。

姑息養奸，這話一點不錯。教師可以和藹可親、平易近人；教師可以常懷愛心，能夠寬恕孩子的過失；可是教師對學生應守的規則，卻有嚴格的要求。

例如課本一定要帶，上課時一定要專注地投入學習活動，功課一定要交，測驗考試一定要誠實，不可以欺負弱小的同學，犯了過錯要肯接受懲罰……對這些要求，教師要立場堅定，始終如一，每個教師都有這樣的堅持，學校的紀律才可以建立。

七　戒自滿

一個教師在為「邊緣少年」而設的特殊學校任教一段時日之後，自然會積累了一些經驗，上課的秩序愈來愈好，處理學生問題愈來愈有辦法，也看到不少學生在自己的教導下，有比較大的進步。

於是往往不自覺地產生了自滿情緒。

自滿會使一個教師過分自信，以為：「我什麼樣的頑皮仔沒見過？難道還怕你！」處理問題便會過分強硬，變得嚴苛，無商量餘地，結果師生間產生嚴重的衝突。學生或從此逃學、退學，或因衝突時傷害了教師，被學校勸令退學。一個學生從此失去受教育的機會，老師的處理不善實在應負部分責任。自滿會使一個教師用習慣了的某幾種方法處理學生問題，其實學生類型成千論百，問題也千差萬別，不針對每個學生的特點，作不同的教導培育，一味照老經驗辦事，沾沾自喜，不知道自己原來在退步之中。

自滿會使一個教師覺得自己已經很有成績，有時還聽到一些讚美的說法，漸漸覺得自己果真頗偉大，就會忘記了有不少學生並不曾得着進步，有的半途而廢，有的中途犯了事被關進男童院、懲教所，有的功課很差，畢業後無法滿足一般學校的要求……總之，工作上可以改進的地方還很多，他們卻很少花心思去想、去做。

看到工作中的成績，可以增進自己的信心，可以維持工作的熱情。但是只看到成績，看不到缺點和不足之處，只怕那些成績終有一天維繫不住。

「七戒」的相反是仁愛、理智、忍耐、勇敢、體諒、嚴謹、虛心，願與老師們共勉。

阿濃

原名朱溥生，教育工作者，業餘寫作，著有散文、小說、童話、新詩超過一百種。五度被中學生推選為當年最喜愛作家。2009 年獲香港教育學院首次頒授的榮譽院士，表彰他對青少年教育工作的貢獻。近作有《聲動千載 —— 中國人憑歌寄情的故事》、《美言一百》、《不一樣的故事 —— 阿濃愛的故事 32 篇》等，《幸福窮日子》更榮獲第十二屆香港中文文學雙年獎兒童少年文學組推薦獎。

《不一樣的故事 —— 阿濃愛的故事 32 篇》

愛情、親情、友情、物件情……在阿濃的巧手妙筆下，就如一口清酒，千種滋味，縈繞心頭。三十二篇濃情佳作，等待你來細細品嚐。

《幸福窮日子》

初來繁華香港，生活充滿落差。在阿濃筆下，黃志芬一家怎樣突破重重困境，把貧窮變成助力而不是阻力？這是一次互動寫作，阿濃與中學生交換他們對貧窮的書寫，根據真人真事，合力創作成溫熱人心的故事。

阿濃電郵：a-nong@shaw.ca